本来的自由

林语堂

著

CTS

湖南文艺出版社

博集天卷
CS-BOOKY

LIN YU TANG SAN WEN JI volume II by Lin Yutang
This edition arranged with Curtis Brown Group Ltd.
through Andrew Nurnberg Associates International Limited

著作权合同登记号：图字 18–2019–251

图书在版编目（CIP）数据

本来的自由 / 林语堂著 . –– 长沙：湖南文艺出版社，2019.12
ISBN 978–7–5404–9416–2

Ⅰ.①本… Ⅱ.①林… Ⅲ.①散文集 – 中国 – 现代
Ⅳ.①I266

中国版本图书馆 CIP 数据核字（2019）第 188566 号

上架建议：名家经典·文学

BENLAI DE ZIYOU
本来的自由

作　　者：林语堂
出 版 人：曾赛丰
责任编辑：薛　健　刘诗哲
监　　制：蔡明菲　邢越超
策划编辑：王　维
特约编辑：万江寒
版权支持：辛　艳
营销支持：傅婷婷　文刀刀　周　茜
整体装帧：利　锐
出　　版：湖南文艺出版社
　　　　　（长沙市雨花区东二环一段 508 号　邮编：410014）
网　　址：www.hnwy.net
印　　刷：三河市天润建兴印务有限公司
经　　销：新华书店
开　　本：880mm×1200mm　1/32
字　　数：139 千字
印　　张：7
版　　次：2019 年 12 月第 1 版
印　　次：2019 年 12 月第 1 次印刷
书　　号：ISBN 978–7–5404–9416–2
定　　价：48.00 元

若有质量问题，请致电质量监督电话：010–59096394
团购电话：010–59320018

目录

·说难行易·

孔子曰：可与言而不与言，失人，不可与言而与之言，失言。韩非也标"说难"之义。孔子又曰：邦无道，行危言孙。从此我们也可以发明"说难行易"一条学说。龚子曰："圣者语而不论，智者论而不辨。"论语社同人诮学者会议如蚊子钉象鼻，实则自己既语之，又论之，又从而辨之，不圣不智，也在做钉象鼻愚不可及的勾当。中国人之颜皮蛮厚，既如象鼻，《论语》之言论尖利，又不如蚊嘴，岂不又患了圣人所谓失言毛病？然则何以自解？曰：知其不可而言之而已。龚自珍曰："古之民莫或强之言也，忽然而自言，或言情焉，或言事焉。言之质不同，既皆毕所欲言而去矣。"我们不敏，也只取"忽然而自言"之义罢了。

（《论语》第 3 期，1932 年 10 月 16 日）

|吾说吾言|

缘起①

《论语》社同人，鉴于世道日微，人心日危，发了悲天悯人之念，办一刊物，聊抒愚见，以贡献于社会国家。大概其缘起是这样的。我们几位朋友多半是世代书香，自幼子曰诗云弦诵不绝，守家法甚严，道学气也甚深。外客来访，总是给一个正襟危坐，客也都勃如战色；所谈无非仁义礼智，应对无非"岂敢"，"托福"。自揣未尝失礼，不知怎样，慢慢的门前车马稀了。我们无心隐居，迫成隐士，大家讨论，这大概就是古人所谓"养晦"，名士所谓"藏晖"的了。经此几年的修养，料想晦气已经养的不少，晖光也已大有可观；静极思动，颇想在人世上建点事业。无奈泰半少不更事，手腕未灵，托友求事，总是羞答答难于出口；效忠党国，又嫌

_____

① 此文载《论语》创刊号，无署名。从内容和格调看来，似可以断定出自林语堂之手，或由林语堂授意。

同志太多；入和尚院，听说僧多粥少；进尼姑庵，又恐尘缘未了。计议良久，都没出路，颇与失意官僚，情景相似。所幸朋友中有的得享祖宗余泽，效法圣人，冬天则狐貉之厚以居，夏天则绤纷必表而出之；至于美术观念，颜色配合，都还风雅，缁衣羔裘，素衣麑裘，黄衣狐裘，红配红，绿配绿，应有尽有。谋事之心，因此也就不大起劲了。其间，也曾有过某大学系主任要来请我们一位执教鞭，那位便问该主任："在此年头，教鞭是教员执的，还是学生执的？"那位主任便从此绝迹不再来了。也曾有过某政府机关来聘友中同志，同志问代表："要不要赴纪念周？做纪念周，静默三分钟是否十足？有否折扣？"由是党代表也不来过问了。

这大概是去年秋间的事。谋事失败，大家不提。在此声明，我们朋友，思仰圣门，故多以洙泗问学之门人做绰号。虽然跡近轻浮，不过一时戏言，实也无伤大雅。例如有闻未之能行者自称"子路"，有乃父好吃羊枣为"曾子"，居陋巷而不堪其忧者为"颜回"，说话好方人者为"子贡"。大家谋事不成，烟仍要吸。子贡好吃吕宋烟，曾子好吃淡巴菰，宰予昼寝之余，香烟不停口，子路虽不吸烟，烟气亦颇重，过屠门而大嚼故也。至于有子，推己及人，虽不吸烟，家中各种俱备，所以大家乐于奔走有子之门。有子常曰："我虽不吸烟，烟已由我而吸。"由是大家都说有子知礼，并不因其不吸，斥为俗人。闲时大家齐集有子府上，有时相对吸烟，历一小时，不出一语，而大家神游意会，怡然而散。

一天，有子看见烟已由彼而吸的不少，喟然叹曰："吸烟而不做事可乎？譬诸小人，其犹穿窬之盗也与？"颜渊呒然对曰："尝闻之夫子，饱食终日，无所用心，难、矣、哉！不有博弈者乎？为之犹贤乎已！难为了我们饱食终日，无所用心，至三年之久！积三年所食，斐然成章，亦可以庶几也矣乎？"子路亦曰："尝闻之夫子，年四十而见恶焉，其终也已！"于是大家决定办报，以尽人道，而销烟账。

惜其时子路之岳母尚在，子路以办报请，岳母不从。事遂寝。

今年七月，子路的岳母死。于是大家齐立曰："山梁雌雉，时哉！时哉！"三嗅而作，作《论语》。

大概办报的消息传出之第二天，就有友人来访。我们依例各序宾主让坐之余，大家端容正色肃肃穆穆的谈起来。友人便问：

"吾兄为什么要办报？敢问宣传什么主义？"

"没有！没有！"我连忙的拱手回答。

友人怕我未曾听懂，又进一步问：

"诸位办报，持什么主张？"

"岂敢！岂敢！"是我固谦的回答。

其时朋友有点慌张起来。"诸位办报应该有个立场呵！敢问你们站在什么立场上？"

"请坐！请坐！"我仍旧很和气的答他。于是那位朋友，不知怎样，竟悻悻然扬袂而去了。

第三天，又有一位朋友投刺来访，也是听到办报的消息，也是来寻根究底的。"好吧，请见。一办报，此身已非己有的了。我已许身于社会与国家了。"我对听差的说。这位朋友，看来更加孟浪。寒暄之下，那位朋友很唐突的问：

"你们钱那里来的？是孙是胡？是汪公？是蒋公？"

"不知道。"我说。

"怎么不知道？"

"委实不知道！"我回答。

"未必然吧！"朋友摇头的说，"四者之中，必有其一。"言下颇有齐天大圣跳不出如来五老峰下之意。

"都不是。"

"怪事！怪事！"那位朋友说。

"我们很有钱，难道凡有钱便是怪事吗？"

"那末，钱那里来的？怎么不知道？"

"钱是由我们同人中一位高门鼎贵的友人来的。我们但知他豪爽，至于他这钱那里来的，我们怎知道？而且羊毛出在羊身上，将来这钱要看读者出的，读者这钱那里来的，我们更不敢穷究了。"

到此，那位虽然大失所望，悻悻然见于其面，遂无话可说了。

沉默良久，朋友又发问：

"你们为什么要办报？"

"不知道。"我说。

"又是一个不知道！怎么说？"

"我们同人，不知怎样，忽然高兴起来，想要办报，所以叫做不知道。"

"凡人做事，都应该有个理由。岂可做事，而自己莫名其妙？"

"凡人想做的事，都应有个理由。"我更正的说，"实做的事，都是本人莫名其妙。譬如某人成巨公，某人成名将，他们知其所以吗？世事类多如此，何必向天追究。比如青年择业，年少气盛，都抱有三军可以夺帅，匹夫不可夺志之雄心。乳臭未干，便拿定主意，我要学矿学工程，我要做牙科博士。及至学成，也许牙医做有名知县，矿师成模范校长，报馆主笔忽然经理煤炭，回国领事改办公共卫生，当其呱呱堕地时，何尝敢做这种打算？凡事，其来也茫然，其去也兀突，我们阅历所见，无非类此。不但男子择业，我们办报，不甚了了，就是女子择婿，也是大多茫然。倘是花前月下，女子问天：'我某女士呵，何以偏遇某先生？'有谁答得出？大概最后决定，都是看看自己年纪，算算自家前途，在几个无甚足取的青年中，择肥而噬，碰碰造化，托以终身罢了。若要过于认真，便遇痴汉，这也是你我所亲验得来的了。当今女子，从小就做起美满姻缘的梦，留下祸苗。须知世上那有这许多品德才貌兼全的人，可以供她称心满意？因此做起亲来，'良人'不够分配；'良人'不够分配，乃多半事与愿违；事与愿违，婚姻乃多破裂。这就是你们一班好讲理由，理想，主义，主张的人的罪。办报也是因缘际会，有人肯执笔，有人肯拿钱，由是这报就'应运'而生了。"

"那末，你们办这报的因缘际会，际什么会呢？"

　　"你真要知道？"

　　"我真要知道！"

　　"因为我们同人中有一位的岳母死了。"我据实的奉告。

　　但是这回因为我太老实，由是又开罪了那位朋友。他便怏怏不乐，认为一无所获，废然而返了。

（《论语》第 1 期，1932 年 9 月 16 日）

我们的态度

　　《论语》半月刊以提倡幽默文字为主要目标，很引起外间的误会，犹如幽默自身就常引起国人的误解。这种的误会，我们早就料到，而已由收到的外稿证明。有人认为这是专载游戏文字，启青年轻浮叫嚣之风，专作挖苦冷笑损人而不利己的文字。有人认为这是预备出新《笑林广记》供人家茶余酒后谈笑的资料。有人认为幽默即是滑稽，没有思想主张的寄托，无关弘旨，难登大雅之堂。有人比我们如胡椒粉，专做刺激性的文章。这些误会，都是不能免的，因为幽默文字，在中国实在很少前例，尤其是成篇的幽默文字。

　　我们只觉得中国做社论的人太多，随便那一种刊物拿来，都有很正当高深的理论。近见《时事新报》中学生征文的成绩，也都能切中时弊，负有经世大才。所以这种文字之多，一是由于小学作文的教学失策，十二三岁的学生起码就要做"救国策"，破题就是"今夫天下"的烂调；一是因为大学研究经济政治的人太多，书本上的学问既深，主义名词信手拈来就是一大套。两种之弊，都使中国学者尚空谈，失了独特的观察力。一方面政客军人，一发宣言通电，又篇篇言之成理，可诵可歌。结果文章经世的作者普天下，而蕞尔上海一市的改良，就没有办法，与租界相形见绌，永远留为中国的耻辱。遇有国事，大家喊口号，发宣言，拍通电，执笔不会乏人，此日人所以讥我们为"文字国"。在这文字国中，文章与思想已截然为二事，思想已为文章的附庸，装饰品，作为社论家挥毫濡墨的材料而已。此类的社论愈多，愈足养成文人重浮言不务实际的风尚。况且社论家都知道他们的空言无补，不会于武人主持下的外交内政，有丝毫影响，所谓尽言论之责，亦止于言论而已，稍有庸见的记者，都应自杀。

　　所以我们不想再在文字国说空言，高谈阔论，只睁开眼睛，叙述现实。若说我们一定有何使命，是使青年读者，注重观察现实罢了。人生是这样的舞台，中国社会，政治，教育，时俗，尤其是一场的把戏，不过扮演的人，正正经经，不觉其滑稽而已。只须旁观者对自己肯忠实，就会见出其矛盾，说来肯坦白，自会成其幽默。所以幽默文字必是写实主义的。我们抱这写实主义看这偌大国家扮春香闹学的把戏，难免好笑。我们不是攻击任何对象，只希望大家头脑清醒一点罢了。

　　　　　　　　　　　　（《论语》第 3 期，1932 年 10 月 16 日）

奉旨不哭不笑

本年"九·一八"，政府严禁纪念国耻，集会游行，"双十"，又下令停止国庆。于是两大节日，都平静无事过去了。这可以说是政府叫人民"哭不得，笑不得"的两大政策，其目的在维持目前表面上之治安。论理，人之不能无哭笑，犹身之不能无饮食排泄。依心理学讲，哭和笑的作用，是在使胸中不平之气得以发泄，而恢复精神上之均衡。所以如中国妇女，平日生活太苦闷，到了清明哭墓，必让她们淋漓痛快哭一场，身子一舒服，回来治家，自然加倍起劲了。又如店里学徒，大半年头到年底，规规矩矩，辛苦营业，一点娱乐也没有，到了元旦，也应该痛痛快快豪赌痛饮五天，新年做事，才会安心，生意才会发达。此为节日在心理上之用处，治国者所不可不知。革命以来，诸节俱废，虽然中秋看月，尚未取缔，而端阳竞渡，元旦爆竹，已被指为迷信，不许举行。终年奉旨不哭不笑，人心惶惶，举国不安，这也有一点关系吧？况且仲尼与于蜡宾，始能发"天下为公"的一段大议论，然后党部始有四字匾额可挂，难说迷信是一定有害无利的。蜡，固然是迷信，竞渡爆竹，说他迷信也可以，甚至中秋看月也可派他迷信，或是老朽反革命。然果使国人相约中秋不看月，国便会兴起来吗？

　　还有一层，我们不看见天安门游行示威的雄壮景象，已有五六年了，思之能无慨然？并不是说一定要有怎样游行的目的，但是我们总喜欢看示威，如女人喜欢看出殡一样，谁死都没关系。我们觉得无目的的游行示威，乱嚷乱喊一阵，总比全无游行可看福气。今年国庆，不应庆祝，我们是赞成的。但是总希望政府诸公，能替我们想出一种不损威信的题目，使我们乱喊乱嚷一阵，以后缴纳苛捐杂税或是唱国歌，也可以踊跃一点。

　　　　　　　　　　（《论语》第 3 期，1932 年 10 月 16 日）

十大宏愿

新年佳节，照例是大家检讨及发愿时期。检讨大概是不甚满意，所以宏愿之第一，便是愿以前种种事，譬如昨日死；于是又发第二宏愿，愿以后种种事，譬如今日生。但是人生世上，不如意事，十居八九，于是到了明年元旦，譬如今日生之种种，又应当愿他譬如昨日死。年年诅咒，年年发愿，岁月蹉跎，瞑目长逝，如此便了一生。

所以我们发愿，不应发得太大，如愿中国太平，愿民困复苏，愿中国海军击沉日本舰队，驶入长崎，愿中国空军飞到东京大坂示威，轰炸天皇皇宫，愿国联毅然为公理而奋斗，宣布与日绝交，愿中国武人交出政权，等等，都是大而无当。我们的愿是比较实在的。私人的愿是这样的。

（一）愿天下有情人皆成眷属。因为现代有情人，有媒妁，也成眷属，无媒妁，也成眷属，毫无问题。

（二）愿大学学生考试皆及格，暑假皆升级，尤愿四年级生皆毕业。因为现在考试没有不及格，暑假没有不升级，四年级没有不毕业的学生。

（三）愿诛反革命。因为被诛者，皆有反革命罪名。

（四）愿吾国政府集中贤才。因为已经集中者，便是贤才（此句系偷投稿材料）。

（五）愿在野政客，皆主张扶植民权，武力抗日，在朝官僚，皆主张提倡党权，长期抵抗。

（六）愿学生会代表，皆反对摧残教育，校长皆主张整顿学风。

（七）愿革命成功者，皆主张拥蒋，革命失败者，皆主张反蒋。

（八）愿大减价者皆"不顾血本"。

（九）愿中国人参不"含电"。

（十）愿河水东流，如不决堤，亦愿无水灾。

（《论语》第 8 期，1933 年 1 月 1 日）

变卖以后须搬场

不幸中国的古物，到了今年真是多事之秋。初则变卖，继则搬场，好像做中国的古物连一个安稳托身之地也没有了。由此我已深深地感觉中国将亡的朕兆。现在所谓搬场，用最善意的解释，还不过是避难，然古物而至避难，且逃于日兵未到之时，于教部禁止学生"妄自惊扰"之际，其危也就可知了。因为是古物逃难，所以对于搬场以后的安顿地点，都未能妥为设法。逃至南京，安乎？不安。再搬到洛阳。洛阳安乎？不安。再搬到长安。若长安居亦大不易，恐怕只好搬入租界。这是今日中国古物搬场的情形，真正有点像梁惠王河内凶，则移其民于河东，移其粟于河内；待河东凶，再来移其民于河内，移其粟于河东。虽然用心未尝不善，实际上已到狗彘食人食而不知检，途有饿莩而不知发之境。这是第一项。搬场既然不能妥善安顿，将来或再搬回北平，或索性搬入租界。万一如《新闻报》某君所言，古物搬成新物，到

了古物保存所卖后门货时候，我是决不买的。这种情景，犹
如我在小时，看见人家变戏法，手里一只球，一刹那在右手，
一刹那在左手，一刹那双手都没有，球不见了。所以后来有
人要变戏法，我总不愿看，在球还在左手之时，我已经发生
那只球必亡的悲哀了。这是第二项。古物不幸，一方被主张
变卖之易培基认为"封建思想，无关文化"（十一月念一日
《时事新报》），一方却又陪程砚秋去巴黎宣扬东方文化，
于是巴黎市上发现中国古物（上期旁观"贪污史料"栏），
而同时瑞士亦发现正在大演讲其"佛乘飞机"沟通东西文化
的李石曾。这是第三项。总之，东陵地下的古物尚且不得安
藏于九泉之下，地面上排在目前之古物当然更难免使人眼红。
这是中国今日已经走到的地步。然而大家犹如痴人说梦，大
谈不费钱不伤人的礼义廉耻，不肯实行法治，依法惩办盗贼，
使坐监牢。所以结果必是盗贼相率而收藏古物，印行宋版《四
书》，而中国遂亡。以上都是猪话。

（《论语》第 11 期，1933 年 2 月 16 日）

军歌非文人做得

　　罗志希先生新近做了一首献给前线抗日将士的"军歌"，情词并茂。不过据我看来，描写前线作战情形，微有欠妥，特为纠正如下。不过自己也想不出好句子补上。凡事创作难，批评易，并非谓本人便能做军歌。志希先生可以原谅我吧？歌曰：

　　　　中华男儿血，

　　　　应当洒在边疆上。

　　　　不管雪花涌，

　　　　不怕朔风狂，

　　　　我有血热能抵挡。

　　　　炮衣褪下，

　　　　刺刀擦亮。

　　　　冲锋的号响！

冲！冲过山海关，
雪我国耻在沈阳！

按：男儿作战，最好不洒自己的血，无所谓"洒血应当"。
且冲锋时，非先褪下炮衣。擦亮刺刀，亦非冲锋时应有的举动。
雪花亦不"涌"。

中华男儿，
义勇军无双。
为国流血国不亡！
抵抗！抵抗！
沙场凝碧血，
尽放宝石光，
照着民族生路上，
灿烂辉煌！

按：义勇军越多越佳。不得以"无双"祝之，使陷于孤
立无援。且"沙场凝碧血，尽放宝石光"，疑非事实。

中华男儿血，
应当洒在边疆上。
飞机我不睬，
重炮我不慌。
我抱正义来抵抗！

　　　　枪口对好，

　　　　子弹进膛。

　　　　冲锋的号响！

　　　　冲！冲到鸭绿江，

　　　　雪我国耻在平壤！

　　按：中国军人以血肉与日本飞机重炮相搏，自是最可悲的事，然抱"正义"，以抵抗飞机，词近滑稽，不应入诗讽刺，使唱者心慑。再"枪口对好"，然后冲锋，亦非前线事实。

　　　　　　　　　　（《论语》第 13 期，1933 年 3 月 16 日）

不要见怪李笠翁

文章易写做人难，自古已然。人言世风不古，实则世风本来如此，非欧风东渐所致。

人心险诈，何代非然？笠翁生当乱世，文字狱层出不穷，深恐失言媾祸，因有《曲部誓词》之作，其中竟谓"砚田糊口，原非发愤而著书，笔蕊生心，匪托微言以讽世，不过借三寸枯管，为圣天子粉饰太平……"读之可见当时文人苦处，不啻一字一泪。或骂笠翁无勇，不如方孝孺、杨继盛，此非善爱笠翁之道。中国有宪法保障人权，却无人来保障宪法。因此，在中国人权保障之最有效方法为"各人自扫门前雪"一句格言，载在黄帝宪法第十三条。只要谨守此条宪法，可保年高德劭，子孙盈门。骂笠翁不效方孝孺、杨继盛者，是劝笠翁伸首待斩。须知斩首在旁人虽好看，可以街巷为虚，而身历其境者，却甚觉得无谓。我们不能见怪李笠翁，只觉得笠翁聪明有竹林七贤遗风。《曲部誓词》曰：

　　窃闻诸子皆属寓言，稗官好为曲喻。齐谐志怪，岂必尽有其人？博望凿空，诡其名，焉得不诡其实？矧不肖砚田糊口，原非发愤而著书！笔蕊生心，匪托微言以讽世。不过借三寸枯管，为圣天子粉饰太平；揭一片婆心、效老道人木铎里巷。既有悲欢离合，难辞谲浪诙谐。加生旦以美名，既非市恩于有托；抹净丑以花面，亦属调笑于无心。凡以点缀剧场，使不岑寂而已。但虑七情以内，无境不生；六合之中，何所不有？幻设一事，即有一事之偶同；乔命一名，即有一名之巧合。焉知不以无基之楼阁，认为有样之葫芦？是用沥血鸣神，剖心告世。稍有一毫所指，甘无三世之喑。即漏显诛，难逭阴罚。作者自干于有赫，观者幸谅其无他。

　　　　　　　　　　（《论语》第 20 期，1933 年 7 月 1 日）

一张字条的写法 ①

　　早晨为了向木匠讨一点油灰，费了半天工夫。原因是前日叫木匠做纱窗，现要写张字条去讨油灰来补窟隆。但一起稿，这"纱窗"二字，就含了不少问题，可见做现代人真不易也。北平的平屋，向用纱窗，今日在上海居家的人，已不复用矣。所谓"纱窗"，实只是铁丝织成以防苍蝇蚊子者，顾名思义，殊不合式。若用直译方法，名之为"铁丝障"，殊为不雅，将来不便入诗。因为字既生硬，又无从卷法，将来不但不能用"卷帘"字样，且亦不好易"隔帘花影"为"隔障花影"也。

---

　　① 注：按《论语》四十期，出版于今年五月一日，远在"大众语"三字出现之前。本人无意加入"大众语"的讨论。至于"文言""白话"及"语录"问题，已见于四十期"语录体举例"，及第二十六期"论语录体之用""可憎的白话四六"诸篇，大约"引车卖浆之白话可提倡，语录式文言亦可提倡"一语尽之。尚有些许意见，关于如何熔炼白话中之成语，使之入文，闲当另作一篇说说。

况且更有严重问题,就是:名之为"纱窗",颇有文言复古意味,是罪不容诛。名之为"铁丝障",虽似介绍西洋文化,俨然有站在时代前锋之概,而提倡复古者,又将斥为用夷变夏亡国灭种之兆。此中又生出更严重问题,就是"大众语"是近于复古呢?是近于新名词呢?众问题之上又有问题:是称之为"纱窗"者爱国?还是称之为"铁丝障"者爱国?因为在嗡嗡嗡的现代中国,任何蚊子苍蝇问题,亦有救国亡国之意义在焉。做人之苦,至此已极,真有"时日曷丧,予及汝偕亡"之感。"纱窗"二字已引起这样严重问题,写一张字条与木匠,当然要几番易稿。初为天然写法,即"白话的文言",后来恐人见到反对,乃复改为"文言的白话",而又恐木匠不懂,殊失"大众语"意义。后来越改越昏,竟无意中作出一篇似通非通的四六,自觉不惬意,乃又学韩退之,起八代之衰,作三代古文,觉得"油灰"二字文不雅驯,乃复半途而废。这样四易稿,一个早晨就过去了。

原因是纱窗虽已做好,边沿却露了小缝(此话似是如此讲法,然不敢自信,或应作"窟窿",须请老舍老向何容辈为我改正,自知蓝青官话极不像白话也),边沿露了小缝,苍蝇虽然进不来,蚊子却仍然爬得进。简单的办法,是向木匠要油灰补上他("他"字疑误,中国文法,疑不如此讲法,此或是受时行译文影响,因国语凡指物,不言他(?),"把他"只曰"给"——"给盖上",不曰"把他盖上"——大约"给补上"便合文法),要油灰给补上,惟因钱已付清,未知木匠肯不肯赔这点油灰,但从此亦可看出世情之敦厚与浇薄了。

只因主意拿不定，所以拿起笔来，总想理由讲得充足一点，庶可动其天良，而得油灰到手。

向来我开字条，都是用文言的。用文言写字条，并不容易。我极希望中小学国文课本教人开字条。以前的秀才举人，开一张字条，亦常开得不通。如曰"君驱车入城否？如其然，则请为我购一匹夏布（夏布一匹？）一斤黑枣（黑枣一斤？）半斤龙井（龙井半斤？），物价多寡，当即奉赵，决不食言。若不进城，则休矣。"这种字条，当然不通。惟若用白话，也确有许多麻烦。如"示悉"改为"你的信接到了"，"文言的白话"又当作"你的芳翰接到了"。"快甚"，白话当作"我非常的快活啊"，"文言的白话"又当作"这是使我怎样地愉快啊！"（鬼话！）开字条，一句话要说便说，那里有这闲工夫噜哩噜苏。所以用文言开字条，只是无意中自然的趋势。只因近日，文言白话大众语闹得凶，时时提心吊胆，以为人或疑我有意反对白话，现在开一收条也彷徨终日，不知是应写"兹收到"而落伍呢，或是应写"现在收到"以讨好人家呢？因为据说"兹收到"颇近语录，而语录便是文言，代表有闲阶级，该杀，虽然我认为语录乃是白话，而时行白话乃是文言。

起初我开的语录式（白话的文言）的字条是这样的：

【文言的白话】

"××宝号。前日由汝装置纱窗，只因边沿有缝，蚊子遂得而入，来一只，捉一只，捉一只，又来一只，令人日间坐不得，夜间眠不得，苦甚。兹差人前来，请给予油灰少许，俾得修补，为荷。幸毋以油灰为重，信用为轻。是祷。××启。"

这字条好虽不好，总算达意。后来一转想，倘是有人见到此张字条，说我在反对白话，如何是好，乃复改作白话的文言一封。文曰：

【白话的文言】

"××宝号啊！你们岂不记得在不久的以前——似乎是十天以前吧——你们曾取得我的同意，把我们家里的铁丝障安装起来？这是不容疑惑的事实。现在边沿并不紧贴，发生空隙，竟然有半个生丁之距离，已比蚊子的高度多二倍了。现在满屋都是蚊子，嗡嗡嗡，其数量至不可思议之程度。在这懒洋洋的夏天，这是如何地压迫人啊！这铁丝障已然无疑的终于等于虚设了。倘若你们不相信，可以来参观，事实终必胜于雄辩的啊！事实告诉我们，你们有修补这些空隙的义务，而铁丝障又有被修补之必要。那末，我派人来给你们取点油灰补好它，料想不至于被拒绝吧？　××启。"

这篇虽然时行，却生怕"大众"的木匠不懂，于是不用。这时已费半点多钟工夫。大概早晨不用做别的事了。所以索性再起一稿，回到文言。一面也是避免人家称我普罗，一面自作遐想，倘是我要讨好"文选派"与"桐城派"，不知又当如何写法。乃先由"文选派"下手，只因未经训练，又向来骈四俪六，皆看不入眼，修养工夫甚浅，乃愈写愈不成话，而有以下的结果：

【文选派】

"×× 水木两作宝号大鉴。别来数日，又赋契阔，定卜起居兮而佳吉，履祉兮而迎祥。既札闼以鸿庥，又锲著而不尽。余路则忆定而盘，门则而立加五。前因蚊患，曾置金丝。方庆蝇蚋不入，将睹天下之升平，岂料异孽复生，更变本而加厉？边幅不修，逐臭之徒，岂有孔而不入？银缕无绽，寻羶之辈，自缩地以有方。吾非吴猛，不殷于蚊蚋，谁效子平，当避于清凉。兹当大夏，益肆咆哮，驱之不去，捉之不得，欲为补苴之计，当借丸泥之助。请赐一封，交与奚奴，拜赐实多，铭心无既。"

这种字条，太不成话了，乃尽弃骈俪，力追昌黎，又写一通。

【桐城派】

"×× 匠人斧石。余依忆定盘以为居，其号则而立又五焉，以甲为别。曩者曾雇吾子安置铜扉，俨然一新，和风晓日得以入而无碍焉，快甚。嗣见蚊蚋麇集如故，倘非窗沿有隙，蚊蝇乘间而入，曷克臻此？兹遣书僮前来，请与以……（油灰，未得雅驯古语）少许，聊作补苴之用。吾知吾子必不以此见吝，而吾亦不负吾子矣。若赐电话请拨立志知命之号，而益以三焉。惟吾子其实图之。"

稿已起了四次，仍不那个，而且翻尽《渊鉴类函》《艺文类聚》油灰二字仍旧无法使之"雅驯"。至是乃投笔而起，令阿经（即韩文中之"书僮"，却已三十三岁）口头传话取去。不半小时，阿经已经传情达意，手拿一包油灰工冬而来。

我既喜又嗔，掷笔于地曰："管城子不中用！我辈书生何不早自杀！"

吾前发愿曰："散步时闻引车卖浆之流所说白话，正垂涎景仰不置。吾将从而学之，五年后或有短篇小说夹入真正白话以行世乎？引车卖浆之流岂但吾师，亦白话作家人人之师也。"（《论语》四十期）。实行此顾，请自阿经始。

（《论语》第 45 期，1934 年 7 月 16 日）

山居日记（一）

七月八日　昨日半夜舟抵九江，须待天明启行。因船靠岸，炽热不堪，乃半夜搬床上甲板安眠，仰天而卧。数位同船西洋女人亦几赤膊卧甲板上。溪风徐来，一阵阵凉气，亦觉受用。是晚饭后曾与小女如斯、无双数天上星，初三十几颗，数未完，又已发见十几颗，后愈出愈多，大家废然作罢。天初亮，即预备上山。到中国旅行社设法取行李，计挑夫每名八角，轿夫每名八角，实只得六角，又付某种捐四角，不知名义。庐山轿夫，向以老实著名，近乃刁钻，因轿上三瓶凉水与我争执，沿途念念有词，乃倒出一瓶于涧中，问他倘使此瓶水喝入肚里，一样要扛上山不？然轿夫上山半斤负担是半斤孽债，亦难怪也。且乡下人不论如何刁钻，亦比城里人忠厚，不要三言两语，便已唯唯。想将来城中旅客愈多，愈要刁钻无疑。将达岭上，一阵山风凉气迫人，乃若置身异地。下午在仙岩客舍前小涧同三小女洗足拣石，筑小瀑布。租定房屋。晚坐园中石砌，闻远山松风响如涛声。

九日　晨起凉气袭人，穿一夹袄不足，复加夹袍。小儿
则皆着羊毛衣矣。昨日半轿半爬，腿微酸。心头未知何故兀
不自在。客舍住不起，又数日来吃不到饭，急思搬出，乃于
早晨迁入租屋。

十一日　今日相如生辰，一起便说今日我是主人。三日
来，因为小儿在屋后小泉挖沙为井，手酸不能把笔，拇指发硬，
屈不来也。门前土堆亦复兀突不平，行走维艰，然真不敢再
把锄头矣。总之凡事惯则易，以笔为重于锄头者正不乏人。
山中所见之云，已可写成一篇文章。山高飞云快，因近故也。
近云飞得太快，则与高层之云作反走势，背道而驰，亦一奇观。
西岭一角，云如过客络绎不断飞过。至所谓海绵则尚未之见，
云之走势既快，则来去不定，忽出忽没，近则三丈不见人，
窗前如悬白幔，伸手可掬，不三分钟，又对山明朗，毫无踪迹。

十二日　三数日来，心头仍不自在，不能写作，只看天
目回来久未续看之《野叟曝言》。素臣到了末段，简直是天
人，自九十余回以下，便多神异，总因作者极力描写，放手
不得。现代中国人，是西欧十八世纪脾气，必斥为迷信。然
吾非十八世纪百科全书派，且喜其神异。世上只有理智，世
人真不知将如何过日子也。惟中国确非经过此阶段不可，听
之可也。读得《牧庵日录》内一段论文甚好，录之：

　　十九，招曾尧臣饭，出余近文视之。尧臣云，今人为文，
　大约如屏幅，间架现成，但烦糊裱耳。此文迥出蹊径之外，

然非深心人读之，觉平平也。余云，文家妙境，平淡最难。苏公云，渐老渐熟，乃造平淡，近乃能窥此耳。

此语先得我心。大概平淡小品文，须三十以上人始能识得佳处。萧公《辛未偶录》《春浮园别集》，皆如此写法，故得平淡轻清之妙。观其序文，深服欧公《于役志》，陆放翁《入蜀记》，随笔所到，如空中之雨，小大萧散，出于自然，便可知其意。欲萧散，须先摒弃章法，勿作意结密起应，而自然有心境为之联络也。

昨日陈石孚及其夫人来坐谈。晚坐松下观对山暮影，至全山尽黑，接天处轮廓分明，俨然一副黑白画。回观背后树，返照夕阳，萧萧白干两三枝，毛发悚然。山光之奇如此。

十三日　一星期来不看报，省气。吾居山上小屋，前后幽林羊肠小径，跋涉最难，然终日小贩络绎不断，做生意人，何怕吃苦。昨午有卖山东纺绸龙衣者。问之，谓由上海来，住岭上人家包月十元，包饭十元。此外须付管理局捐五元一角，商会捐五元，学堂捐一元二角，共捐去十一元三角。牯岭为新生活之地。上山路上即有白制服青年请我扣领扣，街上亦然，又路上不许抽烟，惟羊肠曲径仍然可抽也，跨入铺中亦可抽。总之，凡无巡警处皆可抽，而巡警并不遍山皆是，故不甚苦。

（《论语》第 46 期，1934 年 8 月 1 日）

山居日记（二）

七月十六日　来山已一星期，尚未出游诸名胜，恐有游山志趣而亡游山脚腿故也。然庐居观云，松下看月，月似挂在树梢，探手可得，亦已享尽清闲。近日作日记，与前不同，因至少一部将在《论语》发表，失了日记优游自在之乐。每执笔即提心吊胆，背后如有道学方巾怒目相觑，怨我游山碍道，不知忧国忧民。然吾志益决，博得天下名，失却心中我，吾不为也。世人尽是利奴名奴，今又发现势奴（古人言名利二字，为迷人之端，实不足尽之，因吾观有人名利已经造极，尚争一时权势，至惹上全身恶名不顾也，是又与鸟为食亡何异？）。然则利欲可薰心，骛名可丧身，势欲（亦名领袖欲）亦可茧缚天下英才，苦死一生，奇哉奇哉！还一个我，岂是易事？决非相当傲慢不可。除名奴利奴势奴之外，世人又有古奴今奴之分。为文者摹仿古人而丧却我，今人知其痴，而今人独不知亦有因趋时逐俗而丧却我者，终日昏昏，顺口接屁，自己不知所云为何物，是谓之今奴。苏格拉底言"知我"，夫我岂易知哉！人为何种动物，有何需要，有谁知之？知之者便是圣人。

十七日　两日来赶完英文书《自诉》第六章，并看云亦不暇矣。桂生（胡妈之女儿）愈熟愈觉可爱，两眼看人而笑，恐城市间十四岁女儿已不能如此笑法。惜满口九江话不知说些什么，仅懂得"摸事"意为"什么事"，不能多谈。诸女儿亦与之极好。

十八日　寄出第六章。午后与三女到汉口峡洗浴。因泉高水凉不堪，洗一会，晒一会，然亦不大敢全身浸入。浴后上街，风势大作。明日拟偏轿游御碑亭黄龙寺神龙宫诸胜，庶不负牯岭。作完《英人古怪的脾气》寄交伯讦。并非得意之作。且此文似应用白话写，然吾正试验用文言作娓语式文，姑听之。在文言中尽量放入俚语，比白话中尽量放入文言高明也。

十九日　昨夜风势益猛，盖被不暖。晨起外望，一片苍白，除窗前二树外，复不知有山有世界矣。游行只好取消。雾厚，枝叶尽湿，并有点滴声。午后稍开，见得对山翠绿，不半小时复合矣。今日我作云中囚矣。

二十日　又作云中囚一日。倘如人言，庐山多雨，出门不得，有何趣味？窗前一片白茫茫，有何风景可言？一开门，风力猛，云雾穿户而入，只好屈服，"闭门"思过。读《甲行日注》，见初段辞别家人入山甚苦，尔时稍读书明理之女人，即知劝儿剃发为僧，不可剃头事虏，回想若钱谦益辈益不齿为人类矣。大人先生行径本来如此，可见书不可读得太多，否则读坏心胸也。曾见《天寥午梦堂集》，全书哭儿，哭女，祭文，哀文。每死一儿，则父哭子一篇，母哭子一篇，姊哭弟一篇，弟哭兄又一篇；死一女，妹哭姊一篇，兄哭妹又一篇，全集泪水耳。此家肺痨无疑，然全家能文，亦难得。时因见其信风水扶乩，鬼话连篇，颇鄙其俗，读此日记，又觉其志操可嘉矣。亢德来信言半农死于黄疸之病，惊噩不置，想半农杂文序尚在最近《人间世》发表。拟为文纪念，然半农虽故交，惟非晨昏共事过，性格深处，尚未窥到，不敢下笔，此今人志之所以难也。飞书请玄同作一文纪念，玄同每与半农抬杠，故知之颇稔也。得岂明函有文与《人间世》甚喜，系关于《文饭小品》。王思任以谑庵名，晚而悔其谑，然此人行文用字甚奇，甚有幽默，曾读其《庐山游记》，甚怪，甚嘉奖。又启无来信，允编《三袁尺牍》及文集二书，列入丛书，甚喜。日内有空当复。

二十一日　相如因伤寒病卧二日，今日愈。早晨隔房床上已学我欠呵声，我鼓掌称快，亦以贺之也。浓雾如旧。一事忘记记上。前日到体育场观少帅拍网球，身体壮健，烟确已改过无疑。球法亦精，在网前尤好，未曾失一球，惟发球时两足齐立，甚不得势，何不左前右后。然全场以六与零之比胜，球诚打得不错矣。又前日海戈来谈《庐山指南》之靠不住及庐山僧人之俗，真笑煞人。海戈问对面是何山，僧曰，是汪精卫之香炉峰。由商务买到《历代白话诗选》，教如斯抄读。商务分馆置书颇备，算为一种功德。今日雨更甚，置脸盆檐下，闻雨击盆声甚乐。兴到，托言买药与无双冒雨出行。无双问何为雾，我曰，远者为云，近者为雾，云即是雾，雾即是云。
无双曰，既远为云，则不近为雾。既近为雾，则不远为云。
云是云，雾是雾。我无辞以对。

（《论语》第 47 期，1934 年 8 月 16 日）

游杭再记

十一月下旬，英文书做完。当我一天十几个钟头正在赶此书之时，曾自许脱稿时必以一日喘息，一日吸烟，然后携一小皮箱，一盒雪茄，一本《粉妆楼》，一本《虞初新志》，独自赴杭，享"一日湖上游，一日湖上坐，一日湖上立，一日湖上卧"的清福。所以写一游记，亦必加此无谓的话头者，乃因"游山碍道"之说，近日甚见风行，写此略以减轻自己罪过，表示我并非如何清闲之人而已。我想周作人形容东洋人"努力的工作，尽情的欢乐"，此语得之。惟愈不能努力工作者，愈不能尽情欢乐，且不欲见人之尽情欢乐，乃从而之伪，专事粉饰，欲以"假严肃救国"，身行盗跖之行，口诵孔孟之言，而结果吝人一点清福也。这才有点近似亡国之音。但是此刻如有人说，游山是碍道，我亦不辩，因即使碍道，亦无过听自己的灵魂沉沦下去而已，无干他人。想将来难免有载道先生更进一步，作为游山亡国论，尔时再来作辩不迟。到那时候，

我可替遗少做一篇《讨中国旅行社檄》，或用四六，或用欧
化八股，决不食言。若嫌不够，还可以用贾谊《过秦论》笔调，
为文声讨"浙江公路局提倡游山亡国之罪状"。大概开头是
这样的："夫游杭已足亡国，而况游天台雁荡乎，而况游天
目乎。今者杭州公路局，以有用之资本，供无用之嬉游，将
见士女载道，红绿满途，惟顾登临之乐，而忘外侮之忧，国
不亡者几希矣。……且夫杭徽公路，意在便利交通，犹可说也，
奈之何由藻溪开设支路，直达天目，岂非适足以纵国人闲散
之志而益坚其逃世之心，是可忍也，孰不可忍……"云云。
遗少，遗少，读此必拍案惊奇，引我为同志。

　　这是以后的话，且表过不提。单说我因为工作很疲倦，
想去杭州做湖上闲人两天，谅无大过。到杭之翌晨，即往访
达夫，适达夫夫妇外出，怏怏出来，想今日只好孤游了。谁
知一转弯乃是浙江图书馆，乃私心佩服映霞。我们多年居住
上海的人一见那样雄壮的图书馆，真同乡下人入城市一般。
一进去，左是阅报室，右是阅书室，杂志当有二三百种以上，
中外类书，琳琅满目，又有卡片索引，比之西方大图书馆，
固不足为奇，而在我们乡下人看来，却未免胆战心惊咋口咋舌，
暗羡杭州人之厚福。回想我们有时要借阅一二本难得的类书，
真是上天无门下地无路，气不可遏，乃跑入大光明看电影解
闷而已。

　　感叹之余，乃雇车到孤山分馆。也不知走了多少路，转
出湖滨。时游人尚少，路过白堤，湖光潋滟，里湖红紫悦目，
倒也心旷神怡，从此看准了吾家孤山，想在吾家处士的故居，

总可以盘桓一日。此时极目千里，放眼观山，观云，观水，观艇，青山眉黛，绿水浮光，尽入我眼帘攒我胸中，上海人家富第的五尺假山三尺鱼池，也就不放在心上了。若果一人必在五尺假山三尺鱼池旁边，沾沾自喜，呼卢喝雉，然后可以救国，则国之不救也可知。中国文明所以历三千年而不堕者，正在中国文学之归田主义，使人鄙恶城市，接近自然，保持一点淳朴境地，不至日久于浮华繁剧矫饰淫鄙之途而已。中国人的心灵，若不时得山川花木的滋润，不知将枯燥到如何？中国之文学，若没有一点豪放之情寄托之兴，只有载道，没有言志，又不知将乏味到如何？若登临可以亡国，则陶渊明可以诛，白香山可以剐，杜甫可以流，李白可以族，谢灵运可以烙，苏东坡可以腐刑，而《辋川集》亦可以付之一炬矣。实则载道派何尝不于呼卢喝雉揖让换帖拍马磕头之余，联盟赋诗，栽花种竹，看柳闻莺，以调剂其心灵上之苦闷。自然之有功于吾人如此之大，而吾人鄙夷自然何以如此之深。孔子曰，道不远人，远人非道，这一点道理，现代遗少已有点糊涂了。

　　到分馆看了几本四库全书，阅了几本善本；看到袁中郎的《狂言别集》，内有分娩歌咏，句句逼真，妙不可言，惜未得名师画出此般光景耳。《狂言》小修称为赝书，此案终须翻。恐是小修被当时道学方巾吓住，欲为中郎回护，故作此说，然此中有真中郎也。在缠足思想社会，一人敢放三分足便要逢人见笑，"一日湖上游"诗便是一例宜乎爱兄如小修者为之掩饰，然吾因此益发佩服中郎之勇气，及感叹解放之不易也。中国人名为解放，实则仍在孔庙院中翻觔斗，国子监中检牛毛，狂言一出，不知又有几许遗少将怒视之鞭挞之而效明时士大夫之所为乎？

出馆，到楼外楼独酌。饭后，问放鹤亭怎样去法。茶房曰，"由平湖秋月转上"，闻此甚觉风雅之至。此系中国诗文之赐。无论如何，我想总比"由高尔基路转上"一句好听，虽然在认高尔基为我们"文学遗产"而不认杜甫李白为我们"文学遗产"的中国人也许意见不同。这样一面想，一面走，乃过中山公园。时有园中赏菊大会，饭后无事，回顾无人，也就大胆信步走入。谁知这公园路线是一定的，一看乃知我系由"出"路进去，于是复走出，将由"进"路进去。正出大门，见有二青年，口里含一枝苏俄香烟，手里夹一本什么斯基的译本，于是防他们看见我"有闲"赏菊，又加一亡国罪状，乃假作无精打采，愁眉不展，忧国忧家似的只是走错路而并非在赏菊的样子走出来。谁知二青年竟阔步高谈毫无顾忌的跨进大门去了。我本对菊外行，遂亦不想依"进"路进去，即使进去，仍然不能因为有人同时做我所做的事而减轻我的罪状，或取消彼辈骂我之资格，因此类事甚多。且彼辈看菊系含有社会意识，而我则未读社会学，故亦无看菊资格也。即使弄弄小品，亦无过弄弄小品而已，何足道哉？大概时至今日，只有哈尔滨女人才是女人，而哈尔滨小品才是小品也。故此只在大门外踯躅彷徨，抬头一看，却是中山公园大门的对联，颇有"清谈亡国"之味，乃为抄下：

林园无俗情是处登临好风月

春秋多佳日长嫌钟鼓聒湖山

　　细想如此堕落意志足以亡国之对联，杭州市政府何以听
之存在。再思三思不得要领，乃向平湖秋月走去也。

　　书至此，神已倦，不想写下去了。除了在吾家处士之鹤冢，
趁工人休息时，代以沥青油漆"鹤"字之鸟旁（四点除外），
别无足述。小青墓未见，倒是憾事，但光旦未同来，吊小青
总欠热趣。翌日同达夫映霞秋原同游一日。此所谓游一日，
倒不如说谈一日，盖游翁之意不在山也。我们同游城隍山紫
阳峰，再由柳浪闻莺上艇，上西泠饮茗。在山上，在湖上，
在王饭儿，在西泠四照阁，所谈真是无所不至，所包括的有
福建美人，中国建筑，西溪芦苇。私相计议紫阳山上衿江带
湖的小筑，西湖啖鸡饮酒的和尚，嘉兴昼唱《心经》夜唱小
调的尼姑，苏小妹的恶谑，林黛玉的评诗，文学的遗产，达
夫的藏书，人情世故，明哲保身，等等。到了傍晚，始出西泠，
雇舟归来。在夕阳彩照云天映红之时，达夫感叹之下唱着"落
霞与孤鹜齐飞"，秋原改为"映霞与孤鹜齐飞"，我和曰"秋
原共长天一色"。于是大家放声狂笑，舟几覆。

　　　　　　　　　　（《论语》第 55 期，1934 年 12 月 16 日）

思孔子

　　老子是中国幽默始祖。老子不娶——吾何以知之，不必深究——但有几位精神上的后人，如杨朱、庄周、列御寇，皆承其幽默遗绪，虽然意味各有不同。在儒家之著作中，惟孟子最雄辩，时见于其锋芒中发现冷隽的幽默。但孔子之言行中，亦时透露其幽默态度，尤合温柔忠厚之旨，惜世人不曾理会耳。要知孔子之幽默是自然由其德性流露出来，毫无油腔滑调，亦无矫揉造作之处，亦由其道理未曾陷于酸腐偏激，只是巍巍荡荡，随之自然，合乎人情；合乎人情，则无意幽默而幽默自见，其言也如此，其行也亦如此。我以为最能表出孔子之幽默态度者，在于《史记》"温温无所试"五字。颜习斋讲此五字甚好，谓"温温无所试甚佳，若穷居而慷慨悲歌，上者为屈贾，下者悲歌久则变节矣"。（《颜氏学记》卷七，页四）此语非深达人情者不能说。吾又赞曰，若慷慨悲歌便不幽默矣，惟其温温，故不卑不亢以终身。若屈原、

贾谊不幽默亦不变节，若下焉者如今日之激昂派，则不幽默
而变节矣。究孔子之所以温温无所试，而成其幽默这态度，
乃因其理想与现实相离太远，不得用世，由是畏于匡，困于蔡，
厄于陈，在适楚途中得一觉悟，乃自卫返鲁，删诗正乐作《春
秋》以终世，此即所谓"温温无所试"之态度。孔子是一怀
才不遇者，怀才不遇而不慷慨悲歌，此乃孔子幽默之最特别
处及出发处。

　　当今世人只认孔子做圣人，不让孔子做人，不许有人之
常情。然吾思孔子岂尝板板六十四寒酸道学若汝辈哉！儒家
以近情自许，独不许孔子近情，是岂所以崇孔及所以认识孔
子人格之道哉！夫孔子一多情人也。有笑，有怒，有喜，有
憎，好乐，好歌，甚至好哭，皆是一位活灵活现之人的表记。
其好乐至三月不知肉味且不说，听人家唱得好，必要"再来
一次"Once more，然后同他一齐唱（"使人歌，善则使复之，
然后和之"），此非一活灵活现近情之人而何？且吾尝谓孔
子好哭颇似卢梭，恸哭颜回且不说，《檀弓》曰："孔子之卫，
过旧馆人之丧，入而哭之哀，出使子贡脱骖而赙之曰：'予
乡者入而哭之，遇于一哀而出涕，予恶夫涕之无从也。'"
孔子入吊，本不想哭，及遇一哀，竟尔出涕，至自愧出涕之
无端，呜呼！非至情者能如此乎？及其憎也，亦不客气。孺
悲欲见孔子，既托病不见，复不待人走远，稍留情面，竟尔
取瑟而歌，使之闻之，令人难堪，其意若曰："我非真病，
我不高兴见你罢了。"故孔子者，能喜能怒能哀能乐之大丈夫，
安在其为喜怒不形于色之伪君子乎？惟其能喜能怒能哀能乐，

故七情备。惟其七情备，故足为万世师表，否则立一不喜不怒不哀不乐之圣人为师表，吾辈将何以学之。不能学之，亦何贵乎师表之有无乎？

吾尝细读《论语》，精读《论语》而咀嚼之，觉得圣人无一句话不幽默。呜呼！世人岂知孔门师徒之中燕居闲谈雍容论道之乐乎？吾恨不曾为孔门弟子而与之谈天说地耳。《论语》孔子明言"前言戏之耳"（见"割鸡焉用牛刀"段），自己招供，再清楚没有，谁复敢言圣人无戏言，《论语》不幽默乎？

孔子言行中幽默事甚多，而吾最好者为《史记·孔子世家》所言一段。全抄于下：

　　孔子适卫，与弟子相失。孔子独立郭东门。郑人或谓子贡曰："东门有人，其颡似尧，其项类皋陶，其肩类子产，然自要以下，不及禹三寸，累累然若丧家之狗。"子贡以实告孔子。孔子欣然笑曰："形状未也。累累然若丧家之狗，然哉！然哉！"

噫，孔子何其幽默哉！吾将拜倒其席下矣！今日大学学生谁敢据实以告其教授曰"人家说汝若丧家之狗"哉？而子贡竟敢以实告。今日大学教授谁甘承当此一句话，而孔子竟坦然承当之而无愠。此盖最上乘之幽默，毫无寒酸气味，笑得他人，亦笑得自己。吾观其容貌，蔼然可亲，温色可餐，若之何禁人不思恋乎？须知儒生伪，孔子却未尝伪；教授对学生摆架子，孔子却未尝对子贡摆架子。何以知之？孔子果摆架子，则子贡必不以实告矣。

再举一段：

> 子贡曰："有美玉于斯，韫椟而藏诸，求善贾而沽诸。"子曰："沽之哉！沽之哉！我待贾者也。"

夫"沽之哉"何？三代之叫卖声也，孔子学之，而曰我待出卖者。其笑的是自己，亦可知矣。吾为是文，除正经正史外不引，诚恐三家村老学究以吾为毁孔子。三家村学究能否认此语之出《论语》乎？然则孔子与门人燕居之时出以诙谐滑稽之辞，复奚容辩？汝若不信，我再引一段：

> 佛肸畔，使人召孔子。孔子欲往。子路曰，"由闻夫子，其身亲为不善者，君子不入也。今佛肸亲以中牟畔，子欲往，如之何？"孔子曰："有是言也。不曰坚乎？磨而不磷。不曰白乎？涅而不淄。我岂匏瓜也哉？焉能系而不食？"

此与"虽执鞭之士吾亦为之"同一路幽默。长此引下去，此篇非五千言不可，兹吾腕亦已酸矣。所欲说者，只是孔子亦有一特殊之幽默，即假痴假呆是也。夫子固常作"有是哉！"之呼声。夫"有是哉"何？今日美国语之"oh, youh？"也，其意亲，其色和，最得闲谈应有之神情，古人智足以笔录之，今人智不足以领会之。以今人笑古人，可乎，不可乎？阳货归孔子豚，时其亡（不在家）也而往拜孔子，孔子亦时其亡也而往拜阳货，此中一方透露圣人装糊涂敬远小人之意态，一方亦可见两个小孩子之把戏。及孔于归途不幸，与阳货碰头，躲又躲不得，时孔子心中之难为情当如何也！躲既不得，于是只好上前打招呼，而孔子遂不得不出假痴假呆之一途矣。今抄全段于下：

　　阳货欲见孔子，孔子不见，归孔子豚。孔子时其亡也，而往拜之。遇诸涂，谓孔子曰："来！予与尔言！"曰："怀其宝而迷其邦，可谓仁乎？"（孔子）曰："不可。"（阳货）"好从事而亟失时，可谓知乎？"曰："不可。""日月逝矣，岁不我与。"孔子曰："诺，吾将仕矣！"

细味"诺，吾将仕矣"一语，系孔子被阳货迫得无可奈何而出之敷衍语也。观此二公问答，阳货大发议论，孔子却心厌其人，无一句好话可说，要理不理，只来一冷冷的"不可""不可"，似不屑与言者。及阳货单刀直入，复欲大发议论下去，孔子已不耐烦，与其"与不可与言"之人言而作无谓之强辩，不如发出周作人之"唔！我要做官了"，以省麻烦，是所谓假痴假呆也。吾每读此段，必想起岂明老人，因彼甚有此假痴假呆之幽默，常发出绍兴人之"唔！"声也。

吾最好孔子与门人谈话之神情。尤好其受困陈蔡与门人问答一段，细嚼其味，甚有缠绵悱楚之意。此时之孔子，已

非心雄万夫杀少正卯之孔子。其去卫也，与卫灵公说话，卫
灵公只顾举头看天上的飞雁，"色不在孔子"，固与孔子以
难堪矣。其之赵也，将过黄河，亦只能临河而叹曰："美哉水！
洋洋乎！丘之不济此，命也夫！"由此二段事，已现出孔子
当时落魄流浪之苦境。计前后去卫，返卫，再去卫，如陈，如蔡，
如叶，如蒲，处处饱受虚惊，至此门人已有愠色，而孔子独
无愠色，犹讲诵弦歌不衰。《史记》载孔子在陈蔡野上与门
人谈话一段，真"温温无所试"之一副图画也。吾每读此而
悽然，比耶稣在喀西马尼园与门人叙别一段一样动人而少儿
女情态也。

　　孔子知弟子有愠心，乃召子路而问曰："诗云'匪
兕匪虎，率彼旷野'，吾道非耶？吾何为于此？"子路曰：
"意者吾未仁耶？人之不我信也。"孔子曰："有是乎？
由，譬使仁者而必信，安有伯夷叔齐？使智者而必行，
安有王子比干？"

　　子路出，子贡入见。孔子曰："赐，诗云，'匪兕
匪虎，率彼旷野'，吾道非耶？吾何为于此？"子贡曰：
"夫子之道至大也，故天下莫能容夫子。夫子盖少贬焉？"
孔子曰："赐，良农能稼而不能穑，良工能巧而不能顺。
君子修其道，网而纪之，统而理之，而不能为容。今尔
不修尔道，而求为容，而志不远矣。"

　　子贡出，颜回入见。孔子曰："回，诗云，'匪兕
匪虎，率彼旷野'，吾道非耶？吾何为于此？"颜回曰：

"夫子之道至大，故天下莫能容。虽然，夫子推而行之，不容何病？不容然后见君子。夫道之不修也，是吾丑也。夫道既已修而不用，是有国者之丑也，不容何病？不容然后见君子。"孔子欣然而笑曰："有是哉！颜氏之子，使尔多财，吾为尔宰！"

呜呼，孔子穷矣而不滥。三弟子与一先生落魄至此，几如江湖流浪之辈，至以"匪兕匪虎，率彼旷野"自比，至以吾道之非自疑，乃复一一召而问之，问之之辞又相同，而复能以操守互相勉励。子路欲其自省，子贡欲其行权，颜回欲其守节，而其爱夫子之情则一也，俱溢于言外也。颜回之言最呕心血，至重叠出之，其师徒亲爱之情可见，而其意亦缠绵悽楚矣。而孔子以"颜氏之子，使尔多财，吾为尔宰"（即许为颜氏账房）幽默妙语了全局。未知有何画家能画出此匪兕匪虎非牛非马不三不四之师弟流浪于旷野之神情乎？呜呼！吾焉得不思孔子乎？呜呼！吾焉得不思孔子乎？

（《论语》第 58 期，1935 年 2 月 1 日）

一篇没有听众的演讲

——婚礼致词

　　以前在那儿说过，假如有人仿安徒生做"无色之画"，做几篇无听众的演讲，可以做得十分出色。这种演讲的好处，在于因无听众，可以少忌讳，畅所欲言，似颇合"旁若无人"之义。以前我曾在中西女塾劝女子出嫁，当时凭一股傻气说话，过后思之，却有点不寒而慄。在我总算尽一掬愚诚，效野叟献曝，而在人家，却未必铭感五内。假如在无听众的女子学校演讲，那更可尽情发挥了。总之，无听众的演讲之好处，是在文章上少填上□□□及……一派话头，而把那些□□□及……可改为衷肠的真话。比如在这样一个幻想的大学毕业典礼演讲，我们可以不怕校长难为情，说些常时敢怒而不敢言的话，在一个幻想的小学教员暑期学校，也可以尽情吐露一点对小学教育不大客气的话……婚姻的致词向来也是许多客套，没

人肯对新郎新娘说些老实结婚常识而不免有点不吉利的
话。此婚礼致词之所以作也。是为序。

玛丽，奥哥，恭喜。今天兄弟想借这婚礼的盛会，同你
们谈谈常人所不肯谈的关于结婚生活的一点常识。婚姻生活，
如渡一大海，而你们俩一向都不是舵工，不曾有半点航海的
经验。这一片汪洋，虽不定是苦海，但是颇似宦海欲海，有
苦也有乐，风波是一定有的。如果你们还在做梦，只想一帆
风顺，以为婚姻只有甜味，没有苦味，请你们快点打破这个
迷梦。但是你们做梦，罪不在你们。世上老舵工航海的经验，
向来是讳莫如深的。你们进过大学，受过高等教育，懂得天
文地理的常识，但是没人教授过你们婚姻的常识。你们知道
太阳与星球的关系，但是对于夫妇的关系，是有点糊里糊涂。
假是我此刻来考你们，你们一定交白卷。这是现代的教育。
玛丽，你懂得什么节育的道理，做妻的道理，驾驭丈夫的道理？
奥哥，你懂得什么体谅温存的道理？女子哭时，你须揩她的
眼泪，女子月经来时，你须特别体贴，你懂得吗？古人世界
地理知识不如你们，但是夫道妇道比你们清楚。奥哥，现代
教育教你做文，并没有教你做人。玛丽，现代教育教你弹钢
琴，做新女子，并没有教你做贤妻。你说贤妻应该打倒。好，
请你整个不要做妻，才是彻头彻尾的办法，不然难道作不贤
妻便可以完账了吗？补袜子固然无益于"世界文化之前锋"，
但是丝袜穿一双，扔一双，也是无补于世界文化的。总而言之，
天下男女未全赤足之时，袜子总要有人补的。假如你不能自

己补袜子而替奥哥省一点钱，你就马上文明起来吗？单单为这丝袜问题，奥哥就要和你吵架。你说补袜子是奴隶，是顽腐，不文明，不平等。好，奥哥得替人家抄账簿，拿粉笔，甚至卖豆腐，何尝不是奴隶？现代社会是叫男子赚钱女子花钱的，若要反过来叫女子赚钱男子花钱，我也不反对。但是在制度未改之前，你不肯补袜子，替奥哥省一点钱，你就是一个不好的老婆，虽然是新文明的女子。钱是大家的，你们不肯合作，就得吵架。

在今天说到"吵架"两字，是有点不吉利的。是。但我并不后悔。早晚你们是要吵架的。世上没有不吵架的夫妇。假定你们连这一点常识都没有，请你们先别结婚，长大几年见识再来不迟。你们还不知道婚姻是怎么一回事。婚姻是叫两个个性不同、性别不同、志趣不同，本来过两种生活的人去共过一种生活。假定你们不吵架，一点人味都没有了。你们此去要一同吃，一同住，一同睡，一同起床，一同玩。世上那有习惯口味性欲嗜好志趣若合符节的两个人。向来情人都很易相处的，一结婚就吵起架来。这是因为在追求时代，大家尊重各人食寝行动的自由，一结婚后必来互相干涉。你的时间不能自己做主了，出入不能自己做主了，金钱也不是你一人的了，你自己的房间书桌也不是你一人的了，连你的身体也不是你自己的了。有人有与你共享这一切的权利。奥哥，有人将要有权利叫你剪头发，叫你换手绢。换一句话，你又要进你自以为早已毕业的小学校了。玛丽，有人要对你说不大客气的话，如同他对自己的姊妹一样。他不能永远向你唱恋爱之歌，永远叫你"达尔铃""安琪儿"，像他追求你时一样。一天到晚这样也未免单调。这种的表示，要来得天然才好。你要一定坚持奥哥行这义务，也未尝不可，不过奥哥一天三餐照例叫你三声"小天使"，于你也没什么好处，反而呆板而失诚。夫妇之间，"义务""本分"两字最忌讳的。你若受了西洋人的影响，叫奥哥出门必定亲吻一下，也未尝不可，不过奥哥奉旨亲吻总有点不妙，你自己也太觉无趣了。亲吻须如文人妙笔，应机天成才好。比方你话说得巧，他来亲你一吻，表示赞叹，这一吻是非常好的。或者两人携手游园，他突然亲你的颈，这一吻也是好的。你若因为奥哥出门不亲吻而同他吵，那只令奥哥苦恼而已。你吵时，也许奥哥非常温存，拍拍肩背抚慰你，心里却在怪女子太麻烦了，为什么有这么许多泪水。

我诚实告诉你，结婚生活不是完全蜜做的，一半也是米做的。玛丽，你脊梁须要竖起来，一天靠吃蜜养活是不成的。你得早打破迷梦，越早排弃你髫龄小女学生的桃色的痴梦，而决心做一活泼可爱可亲的良伴越好。因为罗曼司不久要变成现实，情人的互相恭维捧扬，须变成夫妇相爱相敬的伴侣生活。假定你不能叫奥哥把你看做一位可敬可亲的女人，也别梦想他要捧你做一个绝代的小天使。

你们那些情书，大可以焚掉了。除非你们是亚伯拉与哀卢伊，别人不要看的。过了些时候，你们自己也不要看，若非那情书中除了你们俩互相捧场的话以外，还有别种意味。假如这情书中表示着是两人的一段奋斗，交换两人对人生对时事的意见，那是要保存的。但是书信中只有你叫我心肝我叫你肉，你称我才郎我称你佳人这一套痴话，过了十年，你自己看看，才要伤心。奥哥，你别哄自己。玛丽并不是安琪儿小天使。她只是很可爱很活泼的一个女子，她有的是幽默，是通见，是毅力，能帮你经过人生的种种磨练。她也算漂亮，但是你不久就要发现别人的太太更加漂亮。但是如果她单是漂亮，别无所长，那你须替她祷告。

　　你不久对那一副漂亮面孔，就会生厌，尤其是不擦粉打呵欠的时候。我明明知道有漂亮太太的男人，每每怪异人家何以把他太太看像神仙似的。他们都是说："不懂你们怎么看法？"《论语》"雨花"不是曾经载过一段故事吗？有青年在霞飞路上看见前面一个艳若神仙的女子同一男人走路，就低声发一感慨说："讨了这样一个丽人做太太，不知要怎样快活的像神仙似的！"碰巧那位男子听到这一句话，回头来向青年说："那个女人并不是丽人，她是我的太太。我已经讨了她十年，但现在此刻仍旧在人间世上，并没有成仙。"

　　不，奥哥，女人的美不是在脸孔上，是在姿态上。姿态是活的，脸孔是死的。姿态犹不足，姿态只是心灵的表现。美是在心灵上的。有那样慧心，必有那样姿态，擦粉打扮是打不来的，玛丽是美的，但是她的美，你一时还看不到。过几年，等到你失败了，而她还鼓励你，你遭诬陷了，而她还相信你，那时她的笑是真正美的。不但她的笑，连她的怒也是美的。当她双眉倒竖，杏眼圆睁，把那一群平素往来此刻轻信他人诬陷你的朋友一起赶出门去。是的，那时你才知道她的美。再过几年，等她替你养一两个小孩，看她抱着小孩喂奶，娩后的容辉焕发，在处女的脸上，又添几笔母爱的温柔，那时你才知道处女之美是不成熟的，不丰富的，欠内容的。再等几年，你看她教养督责儿女，看到她的牺牲，温柔，谅解，操持，忍耐，头上已露了几丝白发。那时，你要称她为安琪儿，是可以的。

　　我已经说一大堆话，浪费你们宝贵欢乐的时间。但是对你，玛丽，我还要说一句话，就是把你当我的女儿，也是要这样说的。你以为嫁了奥哥，奥哥整个的是属于你了；你可以整个的占有他了。你试试看吧。假如奥哥是个好男子，有作为，有能干，有自重心，——这是成功必要的条件——他必不会全盘为你所占有。有的女人是要这样一个完全服从完全听话的丈夫。比方在座那位朱太太。你看她把朱先生弄成什么样儿。老朱还有一点人味儿么？他小时服从母亲，出来服从老板，在家服从太太。他老跟人家抄账，但是你想他除了抄账以外，还能有所作为么？玛丽，你愿意嫁给这样一个丈夫么？我的意思是说，女子不应该图占丈夫整个十成的身体。假定奥哥十成有七成属于你，三成属于他的朋友，他的志趣，他的书籍，他的事业，你就得谢天谢地了。有一种人一结婚，连朋友都不敢来往了，这还成个人么？你或者以为你非常有趣，你的丈夫一天到晚看你看不厌，然而至少他心灵中也有一部分需要不是你所能满足，而只有朋友书籍能满足的。你一定要十成十足把他占有，结果他变成你的监犯，而你变成他的狱卒，而你要明白监犯没有恋爱狱卒之理；于是他越看你越恨，而越恨越非看你不可，感情破裂，乃意中事。那时你才照镜自怜，号啕大哭，自怨自艾叹着"他不爱我了"，也是无用。不，你也得明理些，这样驾驭丈夫是驾驭不来的。你也不可太看轻奥哥，以为他还得拉着你的裙带走路。他若真这样无用，这样靠不住，一刻不可放松，你简直不必嫁给他好了。假定因你的拘束而他果然不嫖不赌，不吸烟，不喝酒，这种外来的拘束，也算不得有什么伦理的价值。你不能嫁一个男子来当你的小学生，自己做起女塾师。你知道塾师都是讨厌的，而你决不愿意奥哥讨厌你。你今天想起要烫头发，奥哥何必陪你去剃头？你自己不吸烟，奥哥为什么不可大吸其烟？婚姻之破裂，都是从这种极琐碎的事而来的。夫妇之结合必建筑于互相了解相敬重的基础之上。玛丽，我知道你很明理，很有通见，而你也不要看轻自己，要知你不一定要做奥哥的塾师狱卒，仍旧有可吸引他的力量，有可得他敬重的人格。你也可以给人一点自由，一点人格。他对你这样的了解信重，比对你的过分的关防，还要因此更爱你。到了那个时候，他真要宝贵你如同一颗可遇而不可求的稀世之宝，好像没有你这样一位彻底了解他的夫人，他就活不下去。世上这样稀世之宝本来不多，所以玛丽，我劝你做这样一颗稀世之宝。

（《论语》第 53 期，1934 年 11 月 16 日）

|吾 作 吾 文|

时代与人

据说这个时代是伟大的，但是时代伟大与否须看这时代的人是否伟大。时代错误，误把二十世纪当做十六世纪，固然老朽，然而根本失了人格，喘着气急急忙忙趋新骛奇的投机主义者，也不足为伟大的时代增光。所以这个时代是否伟大，也是看有无伟大的人。赶热闹者只是末世并不是盛世之点缀。

现代中国人脾气，近于美国，不近于英国。美国是未成年的儿童国，忽而麻雀，忽而哥而夫，忽而 Crossword pule，哄，哄，哄一年半载便都忘却，又去赶最新的热闹。麻雀、哥而夫、Crossword pule 就是玩具，而儿童非有玩具不可，而且玩具非迎新弃旧不可，在哥而夫时行之际打麻雀即名之为落伍。全国就是这样哄哄哄度岁月。然而这并不是美国国民之伟大处。

英国人便稍许不同，高洋楼不大肯造，旧名词不大肯改，剃头机关椅不大肯坐。美国人跑到伦敦 King's a way 理发室看见只有平平正正的坚厚的木椅，暗笑英国人落伍。然而英国人以为坐在木椅理发仍然就可以过活，而且暗中窃笑全美国人民就是被广告术哄骗的儿童。英国人是不大会受广告欺弄的。这也许就是英国国民之伟大。

美国报纸论调是降低以就市井无赖的，编排要叫街人注目，杀人放火新闻必列第一版。英国报纸是比较镇静的，循规蹈矩而来，论调太肤浅下流，就要遭人鄙薄。两国报纸各有高下二种，但是大体上有这个分别。

美国人因电气风行，戏台演剧全然没落，如Schubert The-atres也要倒闭。伦敦的演剧却仍然与电影并行。我私衷是佩服英国人，而不佩服美国人的。

牛津、剑桥大学许多图书馆没有卡片索引，许多寄宿没有凉热水管。然而剑桥学生走路仍然可以宛如天地间惟我独尊，牛津学生走路宛如天地间谁为独尊皆不在乎。此数大学皆能保存其个性，虽然表面上在一九三〇年时似乎落伍，然而一九三〇年时代自身消灭之后，牛津、剑桥仍岿然独存，并不会随一九三〇之风尚以消灭。

是的，人须有相当的傲慢。辜鸿铭、康有为是傲慢的，不是投机的。辜、康虽然落伍，仍然保持一个自己。与时俱进加入国民党之军阀虽然博得革命，却未必是"迈进"的时代的光荣。罗文干的外交政策已经落伍，然而罗是傲慢的，不是投机的，一时代多傲慢的人，时代就会伟大。

也许资本主义诸国都要消灭，但是英国消灭必最后，此可断言。我不大相信英国会落伍。英国所落伍的，只是落了哥而夫球朋友之伍。

　　然而中国又与美国不同。美国投机而同时有容忍批评的文化。中国人却是投机而加以笼统。

　　凡是舶来货都是好的。凡是古老的都是不好。这是中国人的笼统。富家不肖子弟不能开发先人遗业，只数家珍以示人，固不足取。然富家子弟卖祖上园宅去买汽车、造洋房，未必是兴家之象。

　　凡是文言都是坏的，而不能评鉴文言文学中之真伪货色，便是笼统。甚至认语录为文言，因不看而加以定罪，也是笼统。凡是白话都是好的，而对于食洋不化的白话四六，不能加以纠正，也是笼统。

　　把文学根源所在之"性灵"糊里糊涂认为白话、文言文学上的问题，也是笼统。西洋文学中之 individuality，personality 便是好，中国文学里之"性灵"便是不好，也叫做笼统思想。

　　这样下去，中国不会有真正批评的文化。因为不会有真正批评的文化，所以这个时代（一九三○至一九四○年的时代）也不会为后人称为伟大。

　　因周作人不投机，所以周作人"落伍"了。然而在一九三○年代自身没落以后，周作人文章不会跟着消灭。一九三○年间哄哄者恐要消灭。所以趋时虽然要紧，保持人的本位也一样要紧。

　　怕为时代遗弃而落伍者，先已失去自己，终必随那短短的时代而落伍。

　　在这熙熙攘攘、世事纠纷的世界，只有一字可做标准，就是"真"。一人宁可说襟腑独见的落伍话，不可说虚伪投机的合时话。说襟腑独见的落伍话，至少良心无愧，落伍得痛快，落伍得傲慢。而且即使一时见解错误，尚有生机。说虚伪投机的合时话者，方寸灵明已乱，不可救药。

（《人间世》第 8 期，1934 年 7 月 20 日）

说浪漫

　　晨起雨霁，作云中囚数日，见此心地亦随之而放。窗光照纸上，如蓝天海月，照人颜色，更喜，乃执笔记叙此心境，不负此晨光。因思日来濛雾蔽山，不能出门寸步，颇似名教及文学上之古典主义。处其间者，亦终日守身如玉，存履霜临冰之念，兢兢以终世至入棺木，是岂得人情之正者？孔子闻人歌而乐则和之，是孔子吟唱，亦不定于未时申时举行也，今世儒者即定时亦不敢歌。哭而恸，酒无量，与点也，三月不知肉味，皆孔子富于情感之证。至若见一不相知者之丧，泪珠无故滴下（恶其泪之无从），直是浪漫派若卢骚者之行径。盖儒家本色亦求中和皆中节而已，第因"中和"二字出了毛病，腐儒误解"中和"，乃专在"节"字"防"字用工，由是孔子自然的人生观，一变为阴森迫人之礼制，再变而为矫情虚伪之道学，而人生乐趣全失矣。汉之儒学趋入陈腐，专习章句，已无有生气。既无有生气，于是有第一次浪漫运动之魏晋思想出现，比儒士之守绳墨如虱行裤中缝线。古典主义与浪漫主义乃人性之正反两面，为自然现象，不限之于任何民族，故以名教独霸天下之中国亦不能免。儒者不自知其过，而直詈清谈，岂知此乃自身俗论引起之反动。时势所成，积重难返，儒家反抗，亦无奈何。自是道家思想遂成为中国之浪漫思想，若放逸，若清高，若遁世，若欣赏自然，皆浪漫主义之特色，入自然者愈深，则其恶礼制愈甚。阮籍等之倡狂放任，唾弃名教，即浪漫派深恶古典派之本色。或者不是深恶，只是若庄生之呵呵大笑的轻鄙而已。唐之道风不绝，至宋而有理学出现，苏黄之诋谑理学，亦即浪漫思想。明末后有浪漫思想出现，自袁中郎、屠赤水、王思任以致有清之李笠翁、袁子才皆崇拜自然真挚，反抗矫揉伪饰之儒者，而至今明清尚有一些文章可读者，亦系借此一点生气。此些人尚可自称为儒，并肯自称为儒，实系孔子人本主义基础打得宽的缘故，故在其"近情"范围之中，仍容得下浪漫反抗，许人归返自然也。此时若屠龙之浪漫思想最明。此人尚放任，尚伟大，尚高傲，若鸿苞书《中庸奇论》说得最清楚：

　　俗人局井蛙夏虫之见，乏见大寥廓之观，惟知世间之啖饭遗矢以为中庸。稍有出于常格跬步者，便指以为奇，而惊骇疑畏之，此庸众人往往所以得志，而贤智坐困。苟非挺金铁百炼之性，负凤凰千仞之气者，鲜不俯而就俗尚，趋常局，以免于世之疑骇，世道又何赖乎？此其关系夫岂浅也？

屠公看得出此中一个关键，眼光实超人一等。我以为中国伟大人格，正在贤智坐困而俯就俗尚，趋常局耳。在看得起人类者，都不会赞成此种陷贤智于常局之圈套。试思中国四万万同胞，何以出不了一位甘地，并出不了英国第三四流政治人才？此中关系，岂非如赤水所云？否则天生四万万同胞，皆庸才无疑，而非礼教俗尚之罪也。赤水又曰：

> 古豪杰遇今之时，有低眉束手而坐困耳。而居显要享富贵者，必啖饭遗矢之辈。啖饭遗矢而外，稍有所举动，悉奇也。此岂国家之福哉！

痛哉斯言！吾意当不是天不生豪杰，当是天生了豪杰，而豪杰为世所困耳。世人既鄙奇崇庸，黠者乃饰其奇而隐于庸，以与世浮沉。讨王公大人喜欢，求得一官半职，从庸众啖饭遗矢，又从庸众生子生孙，而国事乃无人过问。夫岂真儿女情长，英雄肝胆自生得不结实耳。及至庸胜奇之势成，半个甘地乃不可得，半个路易乔治亦不可得。从此可知中国之病已入膏肓。赤水黄泉有知，亦当三叹。

吾故曰，中国可产龟，但断产不出长颈鹿。因在中国，颈太长是一桩罪过，人人执一斧待而砍之。惟有龟，善缩颈，乃得人人喜欢，而龟龄鹤寿，亦果然可以办到。是之谓中国式之养生。

（《人间世》第 10 期，1934 年 8 月 20 日）

辜鸿铭论

George Brandes 著　　林语堂　译

是篇为一九一七年丹麦文评大家勃兰得斯所作，收入他所著之 Miniaturen 书中（Erich Reiss Verlag，Berlin）。辜鸿铭于欧战未终时，曾著长文，题曰 Verteidigung Clinas gegen Europa《为中国辩护反对欧罗巴》，其他论文，亦有译为德文者。时欧洲大乱，人心对西方文明之信仰基本动摇，故辜氏之论调，甚足炫惑人心。本文第一段叙述该篇大意，第二段叙述"春秋大义"（The Spirit of the Chinese People）要旨。读勃兰得斯此文，可知辜氏论调之要点，及其在西洋思想界之影响。勃兰得斯学极淹博，于近代欧洲文学思想，无不融会贯通，故此文中参入批评，亦能抉核见微，与寻常评论，又自不同。——译者

（一）

瑞典学者斯万伯 Harald Svanberg 译述辜鸿铭著作，由是使我们得窥到此位卓著的中国学者对于欧战及对于东西文化关系的思想。比之通常欧洲人士所仅识得之多半作家，辜氏值得更大的注意而不可同日语了。

辜鸿铭氏生于一国，其国中既无欧洲的世传贵族，又无美国之金钱贵族，凡常人只须能科举中试，皆可升为绅士，并且凡绅士除依其中试之鼎甲外，不得升迁。同时我们可以说辜鸿铭的家世门第，比我们的伯爵男爵还高贵久远。他的家族出于西历纪元前一七六六年至一一二二年统治中国之王室。（按元和姓纂云泉州晋江有此姓，相传辜为厦门同安人，其望出晋江。一云，其先因被辜自悔，以辜为氏，如救氏、赦氏、谴氏之类。然则勃氏所云或者是据瑞典译者解‘汤生’二字之误吧？）在精神上，他也是真正的中国人，是一位儒者，热烈崇拜二千五百年来支配中国人思想之孔夫子。

孔夫子的道理，前曾为 Voltaire 与 Leibniz 所钦服，现在也得辜鸿铭不倦的向欧人宣扬。此公向为两湖总督张之洞幕下，直至民国建立以前曾享文誉，不但精通东方学术，且于东方文学之外，熟谙我们的文字，写的是英文，引据的是法德作家，而最好讲的是腊丁文。他生于槟榔岛，早年被他的父亲送到欧洲，留学十二年。他在苏格兰得了博士学位，而渐成苏格兰学者卡莱尔 Carlyle 之热烈崇拜者。卡氏生时，他还有时会到，他与卡莱尔一样崇拜歌德为欧洲的最高人物。

他看见孔子的精神学问经过几千年后重复见于歌德身上。在许多方面，我们可以看见卡莱尔于辜鸿铭的影响。

可以确知的是：歌德是德国唯一的作家给过辜鸿铭深刻的印象，余则用法文写作的德人 Leibniz，由于他极口称扬中国文化之伟大精微而引起辜氏之同情。还是英美作家较常给他影响——尤其是 Matthew Arnold，Tennyson，Emerson。在法国文学中有时他也亲炙那些不大知名的作家如 Joubert 及那些不为人所爱及若有若无的诗人如 Beranger。

他讲到欧洲时，使我们感到兴趣的是他新颖讨人喜欢的观点。有时偶然也可见到我们已经弃而不用的学说的痕迹，如在学堂课本也可见到。比如：他相信犹太国族之亡是因为与耶稣的关系；罗马民族之亡是因为不听耶稣的话："谁拔剑者，须亡于剑。"（按勃兰得斯系犹太人，故对此尤觉不满。）

但是这些辞句，只是他在欧洲大学听讲时所留下偶然的踪影。在这样一位自立脚跟、坚确求道，及文字极有清新力量的人是不足介意的。

先讲他关于大战起源之说法。据辜氏，说也奇怪，大战是起源于英人流氓崇拜及德人之武力崇拜。英人之流氓崇拜（Poebelkultus，尝见英文作 mob-worship）可由大英帝国，听市侩实业家之戏弄，向南非洲两个蒲尔民主国宣战这事实看出来。依这位华人的意见，英人对流氓这样恭顺，引起德人极深痛的不平，而激起德人之武力崇拜。这武力崇拜不久就变成武器崇拜。

辜氏虽然普通极佩服德人之优点，但是据他意思早晚德国民族必亡于这武力主义。这种主义发生一种罪恶，在中国人眼光比任何罪恶还坏，就是蛮横，不识轻重（Taktlosigkeit），一味恃强，有伤恕道。我们很有趣地看他在最近中国事件举出什么例子，代表他这样憎恶的缺德。他举的是在中国京城的大街上迫中国人所造的克持拉碑（按即哈德门街上的克林柏牌坊）。

在由欧人侵略激起的拳民之变乱中，北京有一位疯人误杀德国大使。明知使四万万人为一疯人闹出的案负责，是极不合情理，但是德国政府还是逼迫造此碑坊，留为中国之耻辱。这正像奥国逼迫意大利在罗马 Korso 中造一纪念以利沙伯皇后的碑，因为一位发疯的意大利人拿一皮匠的扁钻刺杀那位可敬的无辜的皇后。中国人最重礼仪，所以在外交上受人无礼侮辱更比他国民族深为愤慨。依辜鸿铭意见，中国民族有三大特征，就是沉潜、远见与淳朴。

所以他觉得欧美民族不易了解。美国人大凡有远见淳朴而乏沉潜；英国人大凡沉潜淳朴，而乏远见；德国人远见而沉潜，而乏淳朴。依辜鸿铭，好像只有法国人最能了解中国人。固然，法人没有德人的沉潜，也没有美国人之远大眼光，也没有英人之单纯思想法，但是他们有的是情感，细腻，而中国古老的文化非细腻聪明者不能了解，因为自希腊亡后，中国人比任何民族细腻聪明。

二千五百年来，中国的文明，是一种没有祭司阶级及没有兵士的文化。

在辜鸿铭所最痛恨的革命以前，中国比任何国度较有自由：没有教士，没有巡警，没有公安局捐所得税等——总之，凡使欧洲人民苦不欲生的文物，一切都没有。

中国有句格言："好铁不打钉，好人不当兵。"谁只要与中国士人稍有接触，就会惊异感觉中国人之痛恶战乱及轻鄙军士。

斯万伯氏说得好，Thomas More 于亨利第八年间在他的《乌托邦》书中所梦想的社会状况，在那时早已在中国实行了，只是欧人不知：一种没有贵族，没有祭司，而只有士人贵族为最高贵阶级的社会。

辜鸿铭最喜引用歌德一句话，表示中国的精神："世上有两种势力：公道与礼义（Recht und Schicklichkeit）。"

"义"是孔教基础之一。其他一基础中国人名之曰"礼"。这是一种极难译的字，辜氏译为 Takt（英文 tact），但却与原意不尽符，因礼字指一种繁文缛节之礼仪。斯宾塞在他极好的书《礼仪的政制》（Ceremonial Goverment）中，推究礼之普遍原义，这意义常是仅指一种上古时代的拘束罢了。但在孔子看来，如在一切道德家看来，各种的礼节都含有伦理的深义，而依这位晚近儒者辜鸿铭的意见，这"礼"（即待人接物的礼貌）的价值重要并不在"义"字之下。所以他虽然极口赞扬德人的公道观念，却把这次战祸归罪于德人礼貌观念的缺乏。（按辜鸿铭译礼为 Takt 其妙，系指待人接物体会人情，而"无礼"译为 Taktlosigkeit，特指为人粗率傲慢无端伤人。）

同时这战祸，无论在德人，或在其敌国，却有更深的理由。

（并非如辜氏说的那样简单。）

一位真正的中国人，不得不鄙视欧人。

由中国人看来，欧人或是美人是一种非靠教士及军人不能自治的人类。中国人自治也不用教士，也不用军人。孔教，教人做好百姓的教，已经证明，在二千五百年中，能不靠教士军警，统驭一个比欧洲更大的民族，使就轨道。

据这位中国批评家的意见，欧洲所恃以维持社会国家秩序者有两样：就是敬神与畏法。所谓敬畏，必先假定一种权力。

为要保持敬神观念，欧洲须得养活一大班游手好闲的人，名为"教士"。这些人不但极靠不住，并且也要浪费巨资，所以成为欧洲人民极大的负担。辜鸿铭认为宗教改革（路德马丁）及宗教改革之战（即"三十年战"）只是欧洲人民要排去教士阶级的企图。

天主教禁止人民的（思想）自由，使得贯入敬神观念，然而因为天主教势力已经溃灭，所以又有一种方法，想用法律的制裁来维持社会的秩序。但是为要使人有畏法观念，又须养成一班更浪费金钱更游手好闲之徒，名为巡警及军士。那末，依辜氏意见，在大战期间，欧洲人民渐觉养这一班士兵，比养教士还要浪费，简直可以破产。正如在宗教改革时代，欧人有意排斥教士，现在大战期间，也想起一种念头，要由军士之下自求解放。所以要维持社会秩序，我们须如辜氏有点天真的说法，归返于教士统治之下，不然，军队既然变成无用，我们就得另求新路，觅一新教，以代替那旧的，依他意见一堕不可复振的畏神观念。所以结果，就只有一条路可走，即中国的古道，教人做好百姓的教——一种人文主义，以义为本，以英人所谓 gentleness 为欧人的基本道德，以君子为人的理想，如东方民族几千年来所奉为理想之君子一样。

（二）

由现代中国最重要的人的说法，据辜看来，中国的民族是主情的民族。据他说，德人之武力阶级比欧洲同阶级的人少粗暴性；而中国人的武力示忠厚和让，正与欧人之野兽抢掠本性相反。

据他说，中国人没有兽性。倘使在他身上找点与兽相近之处，也不是狐狸一派的理性，能偷到小鸡就偷，而是近乎亚剌伯骏马一种的聪明，虽然不懂英文文法，却能领会它英国主人的意思。

中国的精神生活，据辜氏意见是心肠的情感的生活。因此中国人对于环境外观（洁净？）极不注意。中国的语言是心肠的语言（这名词有点欠明了），所以小孩及未受教育的人最易学会。这班人学语言最易，在各国都是一样。中国人长记忆力，也是主情的记忆。中国人的礼貌，也是由衷肠流露出来，非如日本人硬学来的。

辜氏以此说解说外人所一致指出的中国人不精确的习惯。情感是一种极微妙的天秤（觉力），但是我们用心肠想事总不如用头脑想事之精确。

辜氏说中国人之用毛笔，可以象征中国人之理智。毛笔画自然没有钢笔尖利清楚，运用也较难。但是学会了之后，倒反轻重如意，浓淡得中，写来比钢笔美观动人。

欧人说中国文化发育一半即不长进，说中国人对于抽象科学缺乏能力。辜说中国人并不是发展一半的民族，乃永不衰老的民族。中国人兼有赤子之心及成年人之智慧。他极力阐扬，欧人情感理智之冲突，心肠与头脑之冲突，不见于中国。关于中国人缺乏进取精神，他未曾说到。

欧人有一种宗教，安慰他们的心灵，但与他们的理智冲突。

中国人没有欧人所谓宗教，因为中国人，就是群众也不真正重视宗教。道观佛庙礼式仪节之用，是作生活之点缀小玩，并非性灵的启迪。

中国人不感觉宗教之迫切需要，因为中国人思想向来不去推敲来世，亦不去打破宇宙来源之谜。但是他们虽不需要欧人狭义的所谓宗教，却于孔教中已有了一种广义的宗教，就是歌德在以下几句所指的意义——

　　谁有科学与艺术，就也有了宗教；谁两样都没有，就须有宗教。

由中国人看来，欧人将宗教与人类社会国家隔开，非常奇异。宗教教欧人做好人，孔教却教人做好百姓。欧洲所谓宗教，教人成圣，变成天使；中国人之所谓教教人做孝子顺民。辜氏作一妙语说："政治在欧洲是一种科学，在中国是一种宗教。"（按此指"政教"观念）

孔子生前，中国人也有情感理智的冲突，与今日欧洲一样。

孔子生而此冲突遂化归乌有。他不像老子、卢骚、托尔斯泰，专门攻击鄙弃文明。他教人，由于教化，人才可以立身行世。

人类受宇宙之谜的压迫，所以需要科学、艺术、宗教。这些减轻他心上的压迫。艺术与诗词叫士人处处见出美；哲学与科学教他处处见到秩序规律。天灾人祸，世事变迁迫着大多数的人求一种安全的躲避；生老病死迫着人类求一种永久。

欧洲在宗教中追求这安全与永久，中国人在代替宗教之孔教中也找到了。亚里士多德及斯宾塞的哲学都不能在欧洲得到同样的成绩。多半的人不能明了他们的理想，也没有那种德性来服从他们的法律。宗教之价值在于教人能听良心的吩咐。

辜鸿铭说：人以为由于教人敬畏上帝，才能达到这结果。但是孔教却不用宗教，也收到同样的成效。他只教人义的观念。辜氏知道，一切立教的教主，都是极富感情而慈悲为怀的人，都归结以公道与慈爱为最高观念，而名之为上帝，但他虽觉得这甚自然而且有意义，却认为不关重要。

依他意见，欧人认为宗教之现形（所谓教会）的宗旨，在于教人民信上帝，这是一种错误；这层错误在最近时代叫许多正直的人讨厌教会。辜氏引英国史家 Froude 的话说："我在英国听过几百篇讲道，讲宗教之神秘，讲教士奉行上帝的意旨，讲使徒师承的传统等，但不曾听见过一篇讲通常的廉耻，讲这简单的训命：不可说讹，不可偷窃。"对此一点，辜鸿铭只指出，教会的义务并不在于叫人注意这些单纯的道理，而是做一种神感，引起人一种活泼泼的热诚。

欧洲耶教及回教怎样激起这神感，引起这活泼泼的热诚呢？他们的方法是引起对教主的爱，激起对教主有无限的爱慕崇拜。这里可见孔教与耶回两教的区别。回教教人迷信穆罕默德，耶教教人信奉耶稣，孔教却不教人崇奉爱慕孔子（按指不奉孔子为神明）。孔子生时，他的门人是爱慕他的。他死了，他个人地位就不立于孔教之前。

欧洲有教堂，中国则有学校以代之。学校的地位与西方之教堂正相同，因为中国指宗教之字，正是"教"字。同时学校不尽与教会之范围相同。学堂之外，还有家庭。各家有神主，各城有祖庙。家庭与学校在中国合成外国之所谓教会。

辜氏对于他的议论有这样的简单的结语：孔教力量之源在于敬爱父母，犹如各教力量之源在于敬爱教主。耶稣教会说：爱耶稣！回教教会教人：爱先知！中国的教会教人：爱你的父母！——一位欧洲人附上说：这样却使批评祖宗成为完全不可能，但是这批评却常是进步的来源。

（《人间世》第 12 期，1934 年 9 月 20 日）

哀莫大于心死

　　天下大聪明与大糊涂，相去只有毫发之差。女子一念之差，可误终身名节；士人一念之微，可误国家大事。国事如此纠纷，是非如此混淆，可与不可之间，糊涂者不能辨，聪明者亦常不能辨。如果身处利害中，更必不能辨。以不可为可者，未尝无可之理由，以可为不可者，亦未尝无不可之理由。因此聪明人失之，糊涂人反得之，不然历史上聪明人何以常干出极糊涂之事，留下极糊涂之名！处此是非混淆之势，聪明不足凭，惟视一点孤贞气义足为我们表率而已。中国儒家，因儒而儒，向来干不出什么惊天动地事业，也是因为这一点缘故。若文天祥、史可法、王阳明、曾国藩、林则徐，以儒家出身作出大事业，皆禀一点孤贞节烈之气而已。此数君子皆一片天地正义在心头，其学问皆从正心、修身做起，王阳明讲良知，曾国藩事事留心，皆是儒家积极入世以天下为己任之成功者。聪明以为可，良知以为不可，则不可之；聪明以为不可，良知以为可，则可之。良知为主，聪明为奴，其人必忠：良知为奴，聪明为主，其人必奸。

　　孙中山为中国近代伟人，无疑矣。其所以成为伟人，非其聪明过于袁世凯，亦只是一点忠贞为国凛烈秉耀气贯日月之光明心地而已。苟无此一点心地光明，则其聪明学问皆不值半文钱。民国以前，其所知者惟不愿中国为满奴而已；民国以后，其所知者惟不愿中国沦为半殖民地而已。此所谓知者，良知之知，非聪明之知。中国何以断断不可沦为半殖民地，惟良知知之，聪明不知也。中山先生既有此知，乃不顾困难，不辞艰瘁，奋勇而行，然后以聪明为奴，解决一切，如众星之有北辰，是非易于分辨，去从易于抉择，然后行易，此吾解知难行易之说；若心中本无确定之目标，本无主裁，见事而疑，知难而退，于是生出糊涂了事、敷衍委蛇之局面。今日事发，只图今日对付，明日事发，再图明日对付，此时并行亦不易矣。王阳明良知之说如此，《大学》在明明德之说亦如此。先明德然后致知，德不明，知亦无用，知既无用，行必缺少勇气。

　　孟子曰，哀莫大于心死，亦只是如此说法。心为主裁，心死则万事不足为。孙中山本良知之知，中国断断不可沦为半殖民地：又本良知，知欲达此目的，必须唤起民众。民众于是心亦不死，全国从而有一番新毅力、新目标，共谋北伐成功。此十六年民心未死之证，亦人心未死，事且可为之证。是民国以来，中国人之政治努力，皆凭孙中山此一点良知唤起所使然，其理甚明。吾愿谒中山陵者，皆想此"天地正气"

四字道理。

　　于此又可知先知觉后知之理。先知欲国民之心死则死，欲国民之心不死则不死。今日国难方殷，满目疮痍，人心已经奄奄将死。倘使如越王勾践，使人心不死，生聚教训，养精蓄锐以待时，则人心亦可不死。倘使并此心亦不可有，欲其死，则死亦甚易。只看有何由良知指示之目标，决不使中国沦为半殖民地，并与以平等待我之民族共同奋斗，坚其意志，以为一剂补血针，则中国人心尚可救药，行亦不难。处于今日地位，虽曰万分困难，只要当事者以孙中山先生之心为心，是非立明，去从立决，而办法自来。不然恐烦难之问题，且将层至叠来，任尔如何聪明，皆对付不来也。

　　　　　　　　　　　　二十四年二月廿一日读报有感而作

　　　　　　　　（《人间世》第 23 期，1935 年 3 月 5 日）

读书与看书

曾国藩说，读书看书不同，"看者攻城拓地，读者如守土防隘，二者截然两事，不可阙，亦不可混。"读书道理，本来如此，曾国藩又说：读书强记无益，一时记不得，丢了十天八天再读，自然易记。此是经验之谈。今日中小学教育全然违背此读书心理学原理，一不分读书、看书，二叫人强记。故弄得学生手忙脚乱，浪费精神。小学国语固然应该读，文字读音意义用法，弄得清清楚楚，不容含糊了事。至于地理常识等等，常令人记所不当记，记所不必记，真真罪恶。譬如说，镇江名胜有金山、焦山、北固山，此是常识。应该说说，记得固好，不记得亦无妨，以后听人家谈起，或亲游其地，自然也记得。试问今日多少学界中人，不知镇江有北固山，而仍不失为受教育者，何苦独苛求于三尺童子。学生既未见到金山、北固山，勉强硬记，亦不知所言为何物，只知念三个名词而已。扬州有瘦西湖，有平山堂，平山堂之东有万松林，瘦西湖又有五亭桥、小金山、二十四桥旧址，此又是常识，也应该说说，却不必强记。实则学生不知五亭桥、万松林为何物，连教员之中十九亦不知所言为何物。今考常识，学生曰，万松林在平山堂之西，则得零分，在平山堂之东，则得一百分，岂不笑话？卫生一科，知道人身有小肠大肠固然甚好，然大肠明明是一条，又必分为升结肠、横结肠、降结肠，又是无端添了令人强记名词，笑话不笑话？弊源有二：一、教科书编者，专门抄书，表示专家架子。二、教员不知分出重轻，全课名词，必要学生硬记。学生吓于分数之威严，为所屈服，亦只好不知所云的硬记，由是有趣的常识，变为无味的苦记。殊不知过些时候，到底记得多少，请教员摸摸良心自问可也，何故作践青年精神光阴？

（《宇宙风》第 5 期，1935 年 11 月 16 日）

说耻恶衣恶食

东西文化之衡量，诚然不易，而耻恶衣恶食常居其一。前夕与某外人谈，外人曾往游南昌，在火车站上见有卖鸡蛋卖烧鸡之农民，或皓发红颜，或脸皮赪润，忠厚淳朴，天真可爱，争向车客兜卖手中物，外人爱之甚，拍一照。忽有洋装青年走上用一口漂亮英语对外人说："You are no friend of China. 你专拍中国污秽难堪的百姓的照片，去宣传国外，居心不良，不怀好意。"外人久居中国，颇知此班洋奴心理，乃转向带白狗领的青年说："You are no friend of China. 假如我拍你的照片去宣传国外，这才我自己承认对中国居心不良，不怀好意。至少这些农民自食其力，are trying to make an honest living，并不骗人。他们不耻以你为同胞，你反而耻以他们为同胞！"少年赧然而退。我说："答得好！答得好！"在中国读书洋奴诚然多，他们所谓文化是带狗领，拿洋棍，唱骨摩宁，谁不带狗领唱骨摩宁，便是野蛮，至于中国百姓之勤俭淳朴耐劳幽默诸美德，种种伟大之处，他们是看不见的；他们所恨是不能制一条陀罗尼经大被把中国这个臭古棺一概掩盖起来，只留下他们带狗领喷香水的一流人代表中国。殊不知偏偏有看得出中国百姓之伟大，不耻恶衣恶食之外人，爱看中国老百姓，而偏不爱看读书洋奴。中国文化最健全最优美处，乃在"淳朴"二字，教人认得简朴生活之美。而今日中国人被外国文化吓得魂不附体，已失却此赏好简朴生活之美的能力了。此话长，不多赘。那天晚上，回来在床上想那外人的答话，越想越有味道，越快活；想他替中国百姓出气，不禁连声在被中唱"答得好！"晨起，记数语于此。

（《宇宙风》第 7 期，1935 年 12 月 16 日）

临别赠言

　　朋友送别，劝我把去国杂感写出来，寄回发表。我认为这是有意义的，不过题目太大了。为今日中国之民，离今日中国之境，应当有多少感想齐攒心头？不过虱多不痒，债多不愁，千绪万端，何从讲起？言简意赅，亦难完作。只是题目虽大，也有许多不便讲与不容讲的。周作人先生所谓第一句话不许说，第二第三句话说也无用（札中语）。我们可说的还是关于文学思想的方面。在国家最危急之际，不许人讲政治，使人民与政府共同自由讨论国事，自然益增加吾心中之害怕，认为这是取亡之兆。因为一国决不是政府所单独救得起来的。救国责任既应使政府与人民共负之，要人民共负救国之责，便须与人民共谋救亡之策。处于今日廿纪世界，"民可使由之不可使知之"的老话，总是不适用，不然何必普及教育。今日廿世纪之人，不使知之，便由也不大情愿。今日救国之方策何在，民知之否，不知也，而欲其在沉沉默默之中保存救国之兴奋，忧忧乎其难矣。事至今日，大家岂复有什么意见，谁能负起救亡大策，谁便是我们的领袖，谁不能负这责任而误国，谁便须滚蛋。此后今日之中国是存是亡之责，与其政府独负，不如与民共负，后来国家荣盛，才能与民同乐而不一人独乐。除去直接叛变政府推翻政府之论调外，言论应该开放些，自由些，民权应当尊重些。这也是我不谈政治而终于谈政治之一句赠言。

（一）文学——提倡幽默，本不必大惊小怪，然偏有惊之怪者。不过平心而论，有因幽默而惊疑怪诧之人，便可证明幽默确有一部分人尚未懂得，而有提倡之必要。幽默为文学之一要素，与悲壮、激昂等同为世界中外名著所共有，只要眼光稍新的人，没有不承认的。中国幽默文学是否稍有可观，成败自不必以眼前论之，但根本上反对幽默，或谓因为幽默尚未成功，大家遂免努力，总难免中道统遗毒之嫌。由道统遗毒之深，更使人不得不感觉须赶速作破坏工作，揭穿虚伪的严肃文体，而易以较诚恳，较自然，较近情，较亲切的文风。我是赞成诚恳而反对严肃的。主张严肃之人，大概在家做父亲，也不肯和儿女说两句笑话。在诚恳、亲切、自然、近情的文风中，幽默必不期然而至，犹如改训话为谈心，幽默也必不期然而至。中国文章向来是训话式的，非谈心式的，所以其虚伪定然与要人训话相同。所以若谓提倡幽默有什么意义，倒不是叫文人个个学写几篇幽默文，而是叫文人在普通行文中化板重为轻松，变铺张为亲切，使中国散文从此较近情，较诚实而已。

　　提倡性灵，纯然是文学创作心理上及技巧上问题，除非有人在文学创作理论上，敢言作家桎梏性灵，专学格套，或摹仿古人，抄袭依傍，便可为文，本来不会引起什么争辩。我们今日白话已得文体之解放，却未挖到近代散文之泉源，所以看来虽是那末的新，想后仍是那末的旧。西方近代文学，无疑的以言志抒情程度之增加为特色，与古典文学区别。所谓近代散文泉源即在作者之思感比较得尽量而无顾忌的发挥出来。再推而广之，不论时代古今，凡著作中个人思感主张偏见愈发挥的，愈与近代散文接近，个人思感愈贫乏的，愈不成文学。即以此可为古今文学之衡量。所以孔子到黄河平常一个感慨"美哉水！……丘之不济此也命夫！"比"再斯可矣"较有文学价值，而"再斯可矣"又比"为政以德"较有文学价值。因为三思常人所赞成，孔子独反对之，到底是孔子比较重个人之思感。我们此后重评中国古人写作，也只好以此为标准。

　　总而言之，今日散文形体解放而精神拘束，名词改易而暗中仍在摹仿，去国外之精神自由尚远。性灵二字虽是旧词，却能指出此解放之路，故以着重性灵为一切文学解放基本之论。有人反对这种解放，那是道统未除，流毒未尽。性灵也好，幽默也好，都是叫人在举笔行文之际较近情而已。两者在西洋文学，都是老生常谈，极寻常道理。今日提倡之难，三十年后人见之，当引为奇谈。但是我仍相信此为中国散文演化必经之路。

　　（二）思想——中国今日举国若狂，或守株狂，或激烈狂，或夸大狂，或忧郁狂，看来看去都不像大国风度，早失了心气和平事理通达的中国文化精神。更可虑的，是失了自信力。这都不是好现象，但也都因国事日非，人心危急所致，又因新旧交汇，青黄不接所致。总而言之，乱世之音而已。思想我想是不健全的，整个而论，思想之健全，总不至如此乱嚷乱喊，稍有自信，也不至如此。拿这种态度来对付非常局面，如何了得。于此不能不提出这思想通达心气和平的老话来说。孟子言智仁勇三者为天下之达德，能迩斯能勇。对付非常时期，诚然非坚毅不可，但坚毅既非暴虎冯河之勇，尤不是隔河观人暴虎，唱唱两声"坚毅"完事。勇字必由智字得来。古代儒家之勇毅，莫非由理明心通，而能遇事泰然。中国人必由历史之回顾，对自己文化精神所在，有深切的认识，然后对中国之将来始有自信，由自信始有勇毅乐观。号为"革命""前进"之徒，惴惴岌岌，怕人家说他落伍，一味抹杀中国旧文学，否认中国祖宗，我认为只是弱者之装腔，而军阀贪官开口仁义，闭口道德，一味复古，也只是黠者之丑态。在这种各走极端，无理的急进与无理的复古，都已各暴露中国文化精神理明心通态度之遗失。无论维新与复古，这样的国是不能存在的。中国文化精神别的不讲，宽大是有的。以前林琴南、辜鸿铭、胡适之、陈独秀同在北大讲学，因此令人叹北京大学之伟大，便只是这个宽大自由道理。中国古代称颂政治之清明，也是常说"政简刑轻"，使人人得安居乐业，也便是自由宽大之意。大国风度是如此的。中国要大家活下去，还得来这种宽大的精神。砭砭小人就是小人不宽大之意。无论那一党派要负起救国责任，当留此宽大二字，否则一时炙手可热，日久必无成就。

　　关于思想，更有一端为我所最愁虑者，就是统制思想。不要以为德国俄国实行统制思想的愚民政策，我们便应该赶时髦也来统制思想。统制思想之祸莫甚于八股，而依我的定义，凡统制思想都可名之为八股。八股驱天下士人而置之笼中，流毒千余年（包括一切科举），吾人痛恨之，故打倒之。今幸生于千余年之后，闻得思想自由解放真道之后，复欲以新八股自茧茧人，真可谓见道不明信道不笃了。统制思想政策行后，其效果亦必同于旧八股，一国思想由清一色而刻板，由刻板而沉寂，由沉寂而死亡。在这普遍的死的沉寂中，自有读书干禄之徒，为讨政治饭碗，受你笼络，亦自有一二宁舍富贵不肯干禄之书生终笼络不来也。

廿五年八月十四日序于横滨舟次

（《宇宙风》第 25 期，1936 年 9 月 16 日）

悼鲁迅

民廿五年十月十九日鲁迅死于上海。时我在纽约，第二天见 Herald-Tribune 电信，惊愕之下，相与告友，友亦惊愕。若说悲悼，恐又不必，盖非所以悼鲁迅也。鲁迅不怕死，何为以死悼之？夫人生在世，所为何事？碌碌终日，而一旦瞑目，所可传者极渺。若投石击水，皱起一池春水。及其波静浪过，复平如镜，了无痕迹。惟圣贤传言，豪杰传事，然究其可传之事之言，亦不过圣贤豪杰所言所为之万一。孔子喋喋千万言，所传亦不过《论语》二三万言而已。始皇并六国，统天下，焚书坑儒，筑长城，造阿房，登泰山，游会稽，问仙求神，立碑刻石，固亦欲创万世之业，流传千古。然帝王之业中堕，长生之乐不到，阿房焚于楚汉，金人毁于董卓，碑石亦已一字不存，所存一长城旧规而已。鲁迅投鞭击长流，而长流之波复兴，其影响所及，翕然仅于人心，鲁迅见而喜，斯亦足矣。宇宙之大，沧海之宽，起伏之机甚微，影响所及，何可较量，复何必较量？鲁迅来，

忽然而言，既毕其所言而去，斯亦足矣。鲁迅常谓文人写作，
固不在藏诸名山，此语甚当。处今日之世，说今世之言，目所
见，耳所闻，心所思，情所动，纵笔书之而罄其胸中，是以使
鲁迅复生于后世，目所见后世之人，耳所闻后世之事，亦必不
为今日之言。鲁迅既生于今世，既说今世之言，所言有为而发，
斯足矣。后世之人好其言，听之；不好其言，亦听之。或今人
所好在此，后人所好在彼，鲁迅不能知，吾亦不能知。后世或
好其言而实厚诬鲁迅，或不好其言而实深为所动，继鲁迅而来，
激成大波，是文海之波涛起伏，其机甚微，非鲁迅所能知，亦
非吾所能知。但波涛之前仆后起，循环起伏，不归沉寂，便是
生命，便是长生，复奚较此波长彼波短耶？

　　鲁迅与我相得者二次，疏离者二次，其即其离，皆出自
然，非吾于鲁迅有轻轩于其间也。吾始终敬鲁迅。鲁迅顾我，
我喜其相知，鲁迅弃我，我亦无悔。大凡以所见相左相同，
而为离合之迹，绝无私人意气存焉。我请鲁迅至厦门大学，
遭同事摆布迫逐，至三易其厨，吾尝见鲁迅开罐头在水酒炉
上以火腿煮水度日。是吾失地主之谊，而鲁迅对我绝无怨言，
是鲁迅之知我。《人间世》出，左派不谅吾之文学见解，吾
亦不肯牺牲吾之见解以阿附于初闻鸦叫自为得道之左派，鲁
迅不乐，我亦无可如何。鲁迅诚老而愈辣，而吾则向慕儒家
之明性达理，鲁迅党见愈深，我愈不知党见为何物，宜其刺
刺不相入也。然吾私心终以长辈事之，至于硁硁小人之捕风
捉影挑拨离间，早已置之度外矣。

　　鲁迅与其称为文人，无如号为战士。战士者何？顶盔披甲，

持矛把盾交锋以为乐。不交锋则不乐，不披甲则不乐。即使无锋可交，无矛可持，拾一石子投狗，偶中，亦快然于胸中，此鲁迅之一副活形也。德国诗人海涅语人曰，我死时，棺中放一剑，勿放笔。是足以语鲁迅。

鲁迅所持非丈二长矛，亦非青龙大刀，乃炼钢宝剑，名宇宙锋。是剑也，斩石如棉，其锋不挫，刺人杀狗，骨骼尽解。于是鲁迅把玩不释，以为嬉乐，东砍西刨，情不自已，与绍兴学童得一把洋刀戏刻书案情形，正复相同，故鲁迅有时或类鲁智深。故鲁迅所杀，猛士劲敌有之，僧丐无赖，鸡狗牛蛇亦有之。鲁迅终不以天下英雄死尽，宝剑无用武之地而悲。路见疯犬、癞犬，及守家犬，挥剑一砍，提狗头归，而饮绍兴，名为下酒。此又鲁迅之一副活形也。

然鲁迅亦有一副大心肠。狗头煮熟，饮酒烂醉，鲁迅乃独坐灯下而兴叹。此一叹也，无以名之。无名火发，无名叹兴，乃叹天地、叹圣贤、叹豪杰、叹司阍、叹佣妇、叹书贾、叹果商、叹黠者、狡者、愚者、拙者、直谅者、乡愚者；叹生人、熟人、雅人、俗人、尴尬人、盘缠人、累赘人、无生趣人、死不开交人；叹穷鬼、饿鬼、色鬼、馋鬼、牵钻鬼、串熟鬼、邋遢鬼、白濛鬼、摸索鬼、豆腐羹饭鬼、青胖大头鬼。于是鲁迅复饮，俄而额筋浮胀，眦眦欲裂，须发尽竖，灵感至，筋更浮，眦更裂，须更竖，乃磨砚濡毫，呵的一声狂笑，复持宝剑，以刺世人。火发不已，叹兴不已，于是鲁迅肠伤，胃伤，肝伤，肺伤，血管伤，而鲁迅不起。呜呼，鲁迅以是不起！

（《宇宙风》第32期，1937年1月1日）

说潇洒

人生永有两方面：工作与消遣，事业与游戏，应酬与燕居，守礼与陶情，拘泥与放逸，谨慎与潇洒。其原因在于人之心灵总是一张一弛，若海之有潮汐，音之有节奏，天之有晴雨，时之有寒暑，月之有晦明。宇宙之生律无不基于此循环起伏之理，所以生活是富有曲线的。袁中郎说的好："山无岚则枯，水无波则腐，学道无韵则老学究而已。"（《寿存齐张公七十序》）其在人，发而为狂与狷二派；其在教，发而为儒与道二门；其在文，发而为古典与浪漫二类。此二派人生态度，虽时有风尚之不同，而无论何时何地，却时时隐伏于我们的心灵中，未尝舍然泯灭，只是盛衰之气不同而已。那一派消灭都是一国的不幸，如在中国，可谓全国是无进取之狷者，所以有这种颓靡不振之现象。即如在中国文学，名为儒家经世派的天下，却暗地里全受道家思想的支配——如山林思想，归田思想，归真返朴，保和持泰等。有时同在一人的生平，也有入世出世之两种矛盾观念角逐于胸中，远如诸葛亮、孔子、苏东坡、袁中郎，近如梁漱溟、鲁迅便是（鲁迅于文学革命之前是在槐树院里作一长期自杀者）。

在文学上，这重要区别，可以说是在"工"与"逸"二字。古典文学取工字，浪漫文学取逸字。我常想到中国现代文学，从广义讲是在经过浪漫的时期。在此地，浪漫二字几乎就是等于解放的意义罢了。凡在经典主义过活的人及社会，其人态度必经过浪漫主义的洗礼，然后可以达到现代西洋文化的阶段。以前读西洋文学史时，最可使我惊异的就是十七八世纪法国的新古典主义与中国古典主义之根本相同，同是在注重用字修辞之"工"，同是标举格套（即中国之笔法章法，如戏剧之"三一律"，凡越雷池一步便遭人鄙笑），同是多用僻典，同是模仿古文，同时避用俗字（如鱼曰"麟族" the scaly tribe 鸟曰"羽类" the feathery race 天曰"穹苍" the firmaments 月曰"美人" mistress of the sky，简直与中文一般无二），其结果，又同是桎梏性灵。蔑视天才，缩限题材，而文学之路愈走愈狭。所以如莎士比亚这样的妙文，竟被（新古典派）埋没了一百五十年，直至 Lessing 出，浪漫潮流开始，才能恢复其盛名，这真可谓咄咄奇事了，但在我们中国何尝不是如此。我从袁中郎《狂言》中看到明末李卓吾已看得起《西厢》，而评点《西厢》，并且推重其本色之美，是推重《西厢》文学价值，金圣叹只承李卓吾之遗绪而已。那时袁中郎赏识《金瓶梅》，冯梦龙赏识山歌童谣，及李卓吾之赏识《西厢》，都可说是浪漫文学观念之开始。浪漫文学都看重"才"字"逸"

字。在西洋十八世纪末叶浪漫文学开始，最风行的就是这"才"字（genius），及"逸"字（romantic）及"幻想"（imagination）。这也没有什么神妙，只是工整的文字必有读厌之时，及其读厌，惟有求放逸而已。所以工与逸的转替，也是这寻常生律起伏之一端而已。

本篇并不是讲浪漫文学，而只借此讲讲人品及文笔之潇洒。因为人品与文学同是一种道理。讲潇洒，就是讲骨气，讲性灵，讲才华。谨愿者以工，才高者以逸，在做人，在行文，在画画，同一道理。若苏东坡之冠代才华，自然独往独来，无室无碍，以意役法，不以法役意。但是我所要讲的是，无论何人总可表示一点逸气，把真性灵吐露一点出来，不可昏昏冥冥战战兢兢板起面孔以终世，这样的人生就无味了，充满这种人的社会也成了无味的社会。但若只求多寿多福多子混过一世，也不要什么性灵，这也未始不可，至于艺术创作却以此一点性灵风骨为生命。性灵二字并不怎样玄奥，只是你最独特的思感脾气好恶喜怒所集合而成的个性。在洋文，这叫做 personality，用个性翻还不大好。我们可说某人做人或行文太没有 personality，但不能说某人太无个性了——除非我们开始这样用法。在中文似乎说这人太无韵致，太无风味，或太无骨气，是一种株守成法，依违两可，喜怒不形于色的人。有个性（风味）的人，你看见就喜欢，因为你看见一点真。在中国我想得有这种个性的人，如以前的徐树铮，他是一位敢作敢为敢承当的人，虽然他不是怎样的好人，但是比起奴颜婢膝的人总有人味吧。在文学上，在政治上，在艺术上，我们所要看的就是这一点个性，这一点风味。先从女人说起，可以一直说到文学作风，一贯而下。我们同事有一位女博士，虽然其貌不扬，但她有一种才调，也不仅是所谓应酬手腕而已，虽然我也不承认她是个好人，但是她决不能说是庸俗。在电影上成名的，就男明星来讲，有二位最有个性风味的，一就是亚里斯（演 Disraeli Voltaire 之 George Arliss），一是里昂·巴里摩亚（Lionel Barrymore），他们的艺术就是潇洒的艺术，叫你觉得有种引人之魔力，平常讲似乎是说"那人很有趣"。电影艺术之高下，就是看你能不能把那不可无一不可有二之潇洒风味表现出来，表现出来，人家就喜欢。在女的，我不讲瑙玛·希拉（Norma Shearer）诸人，而讲曼丽·特兰漱（Marie Dressler），那位忽怒忽喜不拘泥守礼而有一副慈悲心肠的老婆是多么可爱啊！是的，她脸孔一点不漂亮，但是仍会十分可爱。明这个道理，就会明白所谓性灵文学，所谓潇洒笔调之魔力。这倒是行文一种秘诀。普天之下莫非食饭遗矢之辈，这里一篇很合圣道，那里一篇也很合主义，但是圣道主义或则有，作者面孔却看不到。这就是所谓达到"工整"文学看厌的时候。一人在写作中，能露出一副真面目，言人所不敢言，言人所不能言，又有他自己个别与众不同的所谓作风，自然能超越平庸而达到艺术的成功。多半人的作风思想就这样依样画葫芦的，你要打出这庸俗之范围，除非打破那无形的格套，脱离那无形的窠臼，才能保存你自己。不能保存你自己，又怎能有动人的力量？我想一人常常看亚里斯、特兰漱诸人之表演，而体会出其潇洒的骨气及风味，便可以懂得作文的所谓个人笔调，因为一切艺术的道理是相同的。

廿四年元旦试笔

（《文饭小品》创刊号，1935 年 2 月 5 日）

说本色之美

文章，文章，二字害人不浅。我想中国诗文的地位与西洋正相反。在中国，诗词之深入吾人的生活较普遍，而文章二字反足使普通人却走；在西洋，文章并不如中国之玄妙，而韵文之赏鉴反限于少数文人。这是以东西相比言之，若单论本国，自然也是作文比作诗普遍，能文比能诗者多。然而就诗而论，中国不但取士用诗，楹联巧对也用诗，射覆酒令也用诗，墨盒刻字也用诗，画家题画也用诗，才女择婿也用诗，毛厕题字也用诗——这些种种是西方所无，所以说诗之深入吾人生活比在西洋普遍。况用中国文人全集一翻，总是五七律绝占了一半，更非西洋文集所有的现象。诗之好坏且勿论，然一人在花前月下占了两韵佳句，登临旅次，偶尔吟成一绝，总是怡养性情，是好不是坏。

至于文，便不然。以中国与西洋相比，中国文章已成为文人阶级之专有品。若非操笔墨生涯者，必不敢过问，也不肯过问。故中国银行家不撰文，悬壶行医者不撰文，实业大家不撰文，甚至连政治家也不撰文。一说撰文，便是秘书文牍之事。盖一则银行实业政治各界一闻文章二字，则顾而却走，那敢动笔；二则文章实在太难，宣言有宣言文，书面有书面文，启事有启事文，议论有议论文，其中有笔法，有体裁，有古董，有典故，有声韵，外人切切不敢问津。所以做一总督，也得靠一位郝先生饭碗才保得住，圣眷才见日隆。这都是因为中国文言之难，及文学观念之误。此刻原因且不讲，但讲结果，结果是这样的：（一）外国实业大家也要著书，如福特便是，中国实业家就未尝梦想过著书。虽然福特著作未必是亲笔，然而也不见得非一半由自己口述，书记笔录，再加修饰的。所以外国出版界，内容比我们丰富。（二）政治家常有著作，如伯兴大将、劳易·乔治、顾立治、托洛斯基，都有洋洋巨著，将政治生活，记录下来，有叙事，有议论，对于一时政治，有重要的剖析。中国政治家便不见有同类著作了。此中原因，除视文学为畏途外，一方是因为懒，又一方因为中国社会尚面子，尚虚伪，大家没有恕道，怕得罪人，也实在容易得罪人。（三）杂志文在西洋，不定是文人撰著，很多是各界人士本其人生经验或职业经验说话，救火队长叙述救火方法，航空署长叙述航空危险性，书店编辑叙述书店黑幕。在中国，如有杂志编辑请航空署长赐文，则其文必交由能文的秘书代作无疑，而秘书所作又必是八股无疑，如"航空者，今日救国之第一要策也"云云。

最后而最坏的结果，是使文学脱离人生，虚而不实。宣言等文既有专家代庖，专家必做得篇篇"得体"，既然"得体"，便是"应说尽说"，便非"心头所要说"，便是"你未说我先知你要说"，故无一句老实话。倘使有人于此倡言，文章不必得体，只须说老实话，务必使文学去浮言，重实质，而接近人生，幕僚师爷之饭碗也许要敲碎，但吾人可多讲实话，少听放屁，举凡车行药贩经理皆敢为文，而一般文字范围得以放宽，内容可以丰富。这是一种好的现象。现行西洋名著，多非文人所作，或流浪者（Autobiography of a super-tramp），或探险家（Trader Horn），或江湖豪杰（Revolt in The Desert）等所作，甚有文理不顺而文章魔力极大者。我是最恶文人包办文学的。须知文人对于书本以外，全是外行，故做文非抄书不行，况且书本范围以内，书读通的人也实寥如晨星。只许这班人为文，则文风尤趋于萎弱、模仿、浮泛、填塞。欲救此弊，非把文学范围放宽，而提倡本色美不可。

其实在纯文学立场看来，文学等到成为文人的专有品，都已不是好东西了。历朝文体，皆起于民间，一到文人手里，即失生气，失本色，而日趋迂腐委靡。《国风》之诗，本非文人所作，所以甚好。好好的楚辞，也越久越不像样，而沦为赋。赋被文人弄坏，于是有乐府，以后诗词戏曲的兴灭隆替，都是如此。到了明末，像冯梦龙、袁中郎倒看得起一般民谣山歌，以为在文人所作诗文之上。就是最好的小说，如《水浒》之类，一半也是民间之创作，一半也是因为作者怀才不遇，愤而著者自遣，排弃一切古文章笔法，格调老套，隐名撰著，不当文学只当游戏而作的。

所以袁中郎、李卓吾、徐文长、金圣叹等皆提倡本色之美。其意若曰，若非出口成章便不是好诗，若非不加点窜，便不是好文。金圣叹谓诗者心头之一声而已；心头一声有文学价值（如"悠然见南山""举头望明月""衣沾不足惜"之类），念出便是天下第一妙文；心头一声本无文学价值，任汝如何润饰，皆无用也。

吾深信此本色之美。盖做作之美，最高不过工品、妙品，而本色之美，佳者便是神品、化品，与天地争衡，绝无斧凿痕迹。近译《浮生六记》，尤感觉此点。沈复何尝有意为文？何尝顾到什么笔法波澜？只是依实情实事，一句一句一段一段写下来，而结果其感人魔力，万非一般有意摹写者所能望其肩背。称之为化工，也未尝不可。文人稍有高见者，都看不起堆砌辞藻，都渐趋平淡，以平淡为文学最高佳境；平淡而有奇思妙想足以运用之，便成天地间至文。《论语》平淡，《孟子》亦平淡，子路出，子贡入，有何文法可言？挟泰山以超北海，亦是孟子顺口瞎扯，何尝学什么人来？今人若没人写过"挟泰山以超北海"，"为长者折枝"，骤然以之入文，便自觉鄙陋，把它删掉。这种人还配谈文吗？

所以孔子说，辞达而已矣，就是意思叫你把心头话用最适当最达意方法表出。识破此理，一概《作文讲话》皆不必读。

　　要紧看你有话可讲否？有话可讲，何必饰他？无话可讲，何必说他？有话可讲，何必修他？无话可话，何不丢他？说而不饰，丢而不修，是为天籁。

　　　　　　　　　　（《文饭小品》第 6 期，1935 年 7 月 3 日）

论土气

前几天因为看了半天书，到傍晚的时候觉得疲倦，出来在街上闲步。那时天色正好，凉风徐来，越走越有趣，由是乎直走过东单牌楼，而东交民巷东口，而哈德门外，竟使我于此无意间得关于本国思想界的重大的发明，使我三数年来脑中一个无法解决的问题，临时得一最正当完满的解决，如心上去了一个重负，其乐自非可言喻。固然，我这个发明之重要程度，一时甚难决定。凡一发明之重要非过多少时候，很不容易预先测料。譬如哥伦布之发见美洲（哥氏实未尝发见美洲，听说只发见卡立比〔?〕海之某某荒岛），他绝不想到他会与英国文学发生什么关系，然而倘非有哥伦布美洲之发见，绝不会有西班牙及英国的海贼在美洲劫掠之行为，亦将无所谓"以利沙伯时代""以利沙伯文学"，那末莎士比亚之能否成莎士比亚尚属疑问。我很久要找一个字来代表中国混沌思想的精神及混沌思想的人的心理特征，来包括一切要以道德观念压死思想的人使他们归成一类，而百求千思苦不能得，终于没有法子想，只得暂将它搁在脑后。虽然有时也会骂人为"杀风景的非利士第恩"，而总觉得不明畅。"非利士第恩"一字为英文 Philistine 之译音，其实英文原亦未尝有恰恰相合之字以代表这种人。Philistine 及 Philistinism 乃亚诺尔所特创的，因亚氏文字之势力乃成为今日通行之字，然而英国人实不大常用这个字，因为自己是"非利士第恩"的人没有甚么用这名目的必要。这或者也是在土气盛行的中国没人讲到土气的缘故。在亚氏所谓"非利士第恩"就是一种凡与开化维新势力相抵抗者，尤其是一些有家有产觉得这世上样样都是安全，社会是没有毛病，不必改革的人。大概他们的宗教是惟一的正教，含有天经地义，他们的种族是神明帝胄，他们的国家是惟一的礼义之邦，凡有人要改革此社会习惯，此传统制度，此道德观念，此腐败政治者，他们必是不解，非笑，恐慌，嗔怒。非利士第恩原系亚氏由德文 Philister 译来的，德国大学学生称城中平民为 Philister；即乡顽之意。此外英文实无其字，如所用 bourgeois 亦系由法文借用。bourgeois 即原市民有小产业者之通称，因为平常社会之习惯及传统观念平常都是靠这些人维持（个人观察在作者本乡传统观念是靠无学问的妇人而尤其是寡妇维持，社会上之"非笑"都是由他们来的）。实在英文既可借用 bourgeois，我们也可借用 bourgeois，只是读音上很不便当。亚氏于论海呐论文又说，法文中有 epicier 这个字，表示同样意思实在也是好。epicier 意就是"开杂货铺的"，大概开杂货铺的人是很老实很守己，人家不解新的观念，他也跟人家不解，倘是有人要攻击他的宗教，他也一定可拼命为道而争，甚至于为道而死。我觉得在中文真是无法满意的表示此种人之心理与精神。前天在哈德门外想到的就是"土气"两字，虽然这两字也不十分的妥洽，然自有他的好处。

　　"土气"二字在吾乡本是表明乡顽之动作与神气，略与 Philistine 之义不同，未知在他方言之用法如何。但是大概在北京的人都能够感觉得此"土"字之亲切意味，古人以"土"与"金木水火"并列为五行，或者也是中国文化发源于黄河流域之故，没有到过黄河流域这些北省的人实不足与语"土"之为何物。他们绝不明白"土"与人生之重要，关系之密切，他们不知道我们是生于斯，长于斯，食于斯，寝于斯，呼吸于斯，思想感慨尽系焉，诚有不可与须臾离之情景。所以小时读书翻字典，"霾"字解为"风而雨土"，完全想象不起来如何"雨土"法子，直至北上才知道古人之言可信，然而因此我也觉得中国古代情形必略与今日北京相同，故有用此"霾"字之必要，又有五行哲学。记得西洋哲学史中，希腊哲学家谓此物质世界之原质或以为水，或以为火，然总没有以"土"包括在内（关于此点很希望哲学史家更正，我的哲学史知识不大靠得住）。希伯来思想就不同。希伯来教以为人是上帝由"土"抟造的，然希伯来之文化发源于米苏波大米平原，即由弗丽底河流域，所以不足怪的，你看今日亚拉伯沙漠的沙就明白。耶稣教信人为"土"造的并且是"死后归土"，这就是希伯来思想之影响，——北京人，尤其是住哈德门外的人，应该很容易相信这个道理。记得小时在礼拜堂听道，有一位教士给我们极妙的"人是土造的，死后返土"的凭据。他说你不信，到你家里你睡的凉席下翻开看看，是不是都是灰土（大概由人气变成的）？

以上说"土气"这名词在北京之异常切当，复次说我那天在哈德门外的感想，及所以发明"土气"二字之原因。这是很小的故事，但是也是值得说的。我觉得凡留美留欧新回国的人，特别那些有高尚的理想者，不可不到哈德门外走一走，领略领略此土气之意味及其势力之雄大，使他对于他在外国时想到的一切理想计划稍有戒心，不要把在中国做事看得太容易。人家常说留美学生每每受北京恶空气之软化，为恶社会所渐次吸收，卒使一切原有的理想如朝雾见日之化归乌有，最后为"他们之一个"。然此所谓"旧社会之恶势力"所谓"老大帝国沉晦阴森之气象"是不大方便证明的，还不如讲北京的"土气"好。这个土气是很容易领略的。我那天未过哈德门之先还走过东交民巷之一段，也在法国面包房外头站了一些时候，一过了哈德门，觉得立刻退化一千年，甚么法国面包房的点心，东交民巷洁亮的街道，精致的楼房都如与我隔万里之遥。环顾左右，也有做煤球的人，也有卖大缸的，也有剃头担（这是今日南方不易见的东西，但是在堂堂的首善都邑，在民国十三年，竟还是一件常事，不禁使我感觉旧势力之雄厚可怕）。再往前路旁左右两个坡上摆摊的甚么都有，相命、占卦、卖曲本的，卖旧鞋、破烂古董、铁货、铁圈的（与天桥所卖的略同），也有卖牛筋的（两个子就买得一块很大的牛筋）。同时羊肉铺的羊肉味，烧饼的味，加以街中灰土所带之驴屎马尿之味，夹杂的扑我鼻孔使我感觉一种特别可爱的真正北京土味。在这个时候我已昏昏的觉得与此环境完全同化，若用玄学的名词，也可以说是与宇宙和谐，与自然合一。正在那个时候，忽来了一阵微风，将一切卖牛筋、破鞋、古董、曲本及路上行人卷在一团灰土中，其土中所夹带驴屎马尿之气味布满空中，猛烈的袭人鼻孔。于是乎我顿生一种的觉悟，所谓老大帝国阴森沉晦之气，实不过此土气而已。我想无论是何国的博士回来卷在这土气之中决不会再做什么理想，尤其是我们一些坐白晃晃亮晶晶包车的中等阶级以上的人遇见此种土气，决没有再想做什么革命事业的梦想。这一点觉悟就是从那阵微风及被卷在那香气袭人的灰土中得来。（因此我可证明凡人类之觉悟一种道理都是因为一种小事，由一种直接经验，非由学理得来的。保罗之归依耶稣教是由于他在大马色路上中暑 got a sunstroke，卢骚对于社会起源之觉悟亦在某某路上一树荫底下，倘非中暑便是伤寒，阴阳失和，寒热不调所致。所谓保罗卢骚看见"异像"visions 是骗人的话。但这与本题无关。）

　　本篇并不是要讨论此土气与中国思想界之关系，不过要叙述我所感觉此土气在思想界之重要及其不可轻忽而已。一来因为本篇不是要讲道理的；而二来，这土气与思想界关系之范围太大，若是一定要讲他，恐怕是永远讲不完。故不如就此告个结束。

（《语丝》第 3 期，1924 年 12 月 1 日）

谈理想教育

一

凡世界上做事最无聊最难受的就是遇着一种不进不退半生不死的情境。如做生意发财也痛快，破产也痛快，最可怕的是不得利又不尽至于破产，使一人将半世的精神在一种无聊的小生意上消磨净尽。如生病，爽爽快快的死也好，痊愈也好，只不要遇着延长十年将死未死的老病。凡遇着此种境地，外国人叫做 bored，中国人就叫做"无聊"。今日教育就是陷入此种沉寂无聊，半生不死的状况。我们在睡余梦足或在孤窗听雨时候，扪心自问，难免觉觉到一种精神上的不安——好像天天做着事，又好像到底中国无一事可做，好像天天忙，又好像是忙无结果。倘是教育果陷入完全停滞之境，我们心里倒可觉得痛快些。因为至少可不至于到处被人家称为"教授""教育家"——这是多么难为情的境地。教育永远不陷入停滞状况，我们与人交游或通信上永远免不了要听人家口口声声的称呼"×教授""××大学教授"。稍有良心的教授听这种称呼将难免觉得一条冷气从脊骨中冷颤的由上而下的侵下去。我不是说一个人受了四年的大学教育尚可以懂得学问,尚可以懂得人情事理是绝对不可能的事。我不过说:倘是一个人受过四年中学,二年预科,四年大学教育之后,尚可以懂得人情事理,甚至于懂得学问,那真是千幸万幸的事了。

这并不是我说笑话,今日教育之实情是如此。"人情事理"根本不存在于我们的教育范围里,倘是有这种方针,那是我没看见过。我们的目的是教书而不是教人,我们是教人念书,不是教人做人,倘是一个学生于念书之余尚记得做人的道理,那完全用不着我们代他负责。我们听见过某某学生因为心理学五十九分或是逻辑四十八分而不能毕业(虽然如何断定一个人的逻辑是四十八分我未明白),然而我们的确未尝听见过有某学堂要使学生毕业先考一考"人情事理你懂吗?"所以如郁达夫先生曾经做文章,劝一位青年别想去进大学,因为恐怕他白费了几年的光阴及一二千块钱变出一个当兵无勇气,做苦力没礼貌,做鼠窃没胆量,除去教书外,一技无能软化了的寒酸穷士,若是出于爱护那位的本心,便是极好的议论,若是要以此责当代之大学教育,那怕就骂得不对劲儿。因为今日的大学教育根本以书为主体,非以人为主体,责之以不能养出社会上活泼有为的人格,岂非等于向和尚借木梳,向尼姑借篦枇一样无理的要求吗?无论如何把一个正经长大的青年送进学堂里头去十几年,使他完全与外边的社会隔开,与天然的人群生活分离，既没有师长的切磋，又没有父兄的训导，只瞎着眼早念书，午念书，晚上又念书，是使此青年不懂人群生活的绝顶妙法的。结果是满肚子的什么主义，什么派哲学，而做事的经验阅历等于零，知道恩斯坦的相对论而不知道母鸡不要公鸡是否可以生鸡子儿。

虽然，不但我们的方针不对，就我们所用的教育方式也很可怀疑。倘是"学问"是我们大学教育的方针，就所以达此方针的教育方式也不可不考量。我们现此之所谓学问有趣极了。不但是有体质的，并且有重量是可以拿秤称量的。今日谈大学教育者之心理，以为若设一种"非八十单位不能毕业"的条例，严格的执行，严格的考试，绝不通融，绝不宽松，这样一来，四年级八十单位，每年级二十单位，倘是一学生三学年只得五十八个单位，那末第四年请他补习两单位，凑成二十二单位，八十单位补足，那他必定逃不了做有学问的人，出去必定是大学的荣耀了。原来掩耳盗铃的本领并不限于军阀与官僚。倘是我们的逻辑不错，有八十二立方寸学问的人，若愿意借两立方块学问给他一位只有七十八立方块学问的同学，我们当然没有什么理由可以阻挡这两人一同毕业（但对这一点，尚不免怀疑，很愿意得各学堂注册部的声明，是不是可以借的？）。不但此也，如以上所谓每立方块的学问每块里头的页数也有一定的，比方近代历史一立方寸即丁先生讲义二百七十五页，二百七十五页读完便是近代历史的学问一立方寸；文字学学问一立方寸是徐先生讲义一百五十三页（限定一学年读完，不许早，不要迟，若是徐先生特许八页

免试，便是实数一百四十五页，一学年分两学期。每学期
十八个星期，通共三十六星期，四三一百二，四六二十四，
通共一百四十六，每星期限定念四页正好，不许多，不许少）。
如此积页数而得几许立方寸，积立方寸而得一张文凭，虽曰
未学，注册部亦必谓之学矣。原来此种以数页数及数单位而
衡量学问的方法，的确是纯由西方发明，于吾国书院制度未
之前闻也。记得杜威曾经说过，现代的教育好像农夫要赶鹅
到城里去卖，必先饱喂之以谷类，使颈下胸前的食囊高高的
凸出来，然后称称其轻重，鹅愈重即其价格愈高。其实杜威
先生说错了话，他忘记在本问题上称者与被称者原来是同类
的动物。

二

以上既谈到现此教育之根本乖谬，此地可略谈我们所谓
理想教育。这教育理想当然于现此无实现之可能。然实现与
不实现都不相干，我们在此沉寂无聊的教育生活中所能求的
慰安是一种画饼充饥望梅止渴之办法而已。且既不希望其立
刻实现，我们可不为环境之逼迫，来限制我们理想的计划，
又可不必派代表奔走于一些无信义的官僚之门，以求得一涓
滴之赐，岂非快事？我们可以尽量的发挥我们理想大学的计
划、基金等问题尽可不顾。我们可以尽量梦想如何一个理想
大学可以给我们的子弟理想上最完备的教育，怎么一个理想
大学可为学者优游永日，寝食不离，终身寄托之所，怎么一
个山水幽丽，水木清华，气候佳宜，人也理想，地也理想，

环境也理想的大学，可以当做教育界的普陀山。我们可以梦见如何一个设备完善的大学可以使我们忘记现此教育界之沉寂无聊。

我们的理想大学最重要基件，就是学堂应该贯满一种讲学谈学的空气。此空气制造之成功与否，是大学教育成功与否的夤缘。讲学空气之由来最重要的即在于学堂之房屋外观，学堂外观之最重要部分就是一座颓圮古朴苔痕半壁匾额字迹潦倒不可复认的大门，其余一切学堂的房屋树木场所周围亦必有一种森严古朴的气象，使人一跨进大门如置身别一天地，忘记我们一切的俗虑俗冗，好像在此周围内惟一要紧的事件是学问是思想。因为我们都明白物质的环境与吾人思想生活密切的关系，在上海南京路念经念一百年也不能成佛。佛家最明白这条情理，教育家若不懂，只须游东海之普陀与西山之檀柘便可不待我的断断多辩。大凡世界的宗教家都明白这条道理，西方罗马天主教的教堂便是很好的例。我们一进那高耸巍立深邃黝黑的礼堂，看见那一线黯淡和平的阳光从极高的染色玻璃窗上射到那简朴的森严的座位上，闻见那满屋的香味，又听见那雄壮清嘹的琴声，虽素不相信天主教的人也可以几分领略信天主教的好处，他给我们精神上的慰安。宗教如此，学问何独不然？一人的学问非从书上得来，乃从一种讲学好学的空气中得来，使一青年浸染于此种空气中三年之久，天天受此环境之熏陶，必可天然的顺序的快乐的于不觉中传染着好学的习气，就使未必即得如何鸿博的学力，也至少得一副鸿博的脸孔，至少跟他谈学问时不至于他每每来问你要讲义。最怕的是一个像清华学校这样崭新白亮的一个大门。除去一个苍茵满布，字迹模糊，将倾未倾的大门及围墙，使人自远望之若一片空谷荒野或宫园故墟外，墙围内应该这里有一座三百年的古阁，那里有一片五百年的颓垣，甚至于无一屋顶，无一栅栏，无一树干，无一爬墙虎的叶尖不带着一种老大古朴的气象。有一种学堂有这种的空气环境，然后可以讲学。像我们北大第一院工厂似的所谓沙滩儿大楼，无论如何讲学是讲不下去。

物质的环境而外，我们可以说师生在课外自然的接触乃理想大学最重要的特色。最重要的教育乃注册部无法子记分数的教育，真正的学问乃注册部无法升级留级的学问。在理想大学中，上课的手续乃一种形式上的程序而已（且通常绝无考试，与德国大学例同），教员学生不上课则可（非强迫的），在课外无相当的接触则绝对不可。因为倘是我们的推测不错，教育二字应解做一种人与人的关系，不应当解做一种人与书的关系。一个没学问的人因为得与有学问的人天天的接触，耳濡目染，受了他的切磋砥砺，传染着他好学的兴味，学习他治学的方法，明白他对事理的见解——这是我所谓教育。伟尔逊说得好，看书不一定使人成为有思想的人，但是与思想者交游普遍可以使人成为有思想的人。课堂中的学问常是死的，机械式的，在课堂外闲谈时论到的学问才是活的，生动的，与人生有关系的。课堂内的学问大都是专门的学问，课堂外的学问，出之偶语私谈之间乃是"自由的"学问 liberal education。古人有楹联曰"常思先辈寻常语，愿读人间未见书"

之"寻常语"三字即同此义。读王阳明的《传习录》（虽是他寻常语之一部）无论如何不及亲聆王阳明教诲之为愈。以今日视课堂为教育中心的教育方式，师生上课相见，下课相忘，学生孜孜以讲义页数为生命，不用说没有贤者可为学生的师资，就是有贤者，学生也决没有机会听到他们的"寻常语"。理想大学中的生活，必使师生在课外有充量的交游与谈学机会，使学生这里可与一位生物学家谈树叶的历史，那里可以同一位心理学家谈梦的心理分析，在第三处可以听一位音乐专家讲 Hoffmann 的笑史——使学生无处不感觉得学问的生动有趣。

　　所以理想大学应该是一大班瑰异不凡人格的吃饭所，是国中贤才荟萃之区，思想家、科学家麇集之处，使学生日日与这些思想家科学家的交游接触，朝夕谈笑，起坐之间，能自然的受他们的诱化陶冶引导鼓励。理想大学应该不但是这里有一座三百年的古阁，那里有一片五百年的颓垣，并且是这里可以碰见一位牛顿，那里可以碰见一位佛罗特，东屋住了一位罗素，西屋住了一位吴稚晖，前院是惠定宇的书房，后院是戴东原的住所。这些人物固不必尽是为教书而来，直以学堂为其永远住所而已。故以上所谓"吃饭所"非比方的话而已，乃真正指吃饭而言。他们除了吃饭之外，对学堂绝无何等的义务，在学堂方面即所以借这些人以造成一种浓厚的讲学的空气。因为一个学堂，没有这些人的存在，而徒靠三数十个教员决不足以掩蔽几百个喁喁待学青年的乌烟瘴气，故一面必力限定学生的人数（多则不能个个人得与师长亲密的接触），一面必增加鸿博师儒之数额。此则略近于英国大学 fellows 的制度，在本篇中可暂译以"学侣"二字。如这回由庚子赔款委员被撤退之罗素与狄根生 G. Lowes Dickinson 就是剑桥大学单吃饭不教书学侣之一。他们除去有终身永远在学校之居住权利及每年得薪俸二百五十金镑为杂费及旅费外，对于学堂绝无规定义务，且出入旅行有充分的自由。英国大学之有这种设备，一方面是替国家保护天才之意，使他们得永远脱离物质外境的压力，专心致志于学问思想生活上面。可以从从容容的增进他的学业，培养他们德性。一方面是使大学成为一个很有趣味的社会团体，大学里头的社会生活是一种优异可爱的生活。

所以理想大学不但是一些青年学者读书之处，而且乃一些老成学者读书之处。大学里头不但有缴学费才许念书的小学生，并且有一些送薪俸请他念书的大学生。缴学费念书的学生虽常有很可造就的天才，送薪俸请他念书的学生才能够对于学术思想上有重大的贡献。

最后关于学生毕业问题，即今日教育界所公认为最重要问题，我也不能不说几句。我说这是教育界所公认为最重要问题，因为我们公认读书的目的是要毕业。理想教育所最怕谈的是"毕业"二字，不必说学业之于学者本没有告毕之时，命名之根本不通，就说要想出一种称量学生的学问程度的好法子也绝想不出来。理想的教育并不是不愿意想找出一法，把某甲与某乙的学问比较一下，变成阿拉伯字码可以写出来的准确的、精密的、不误的分数，但是理想教育始终不承认自有史以来有这种法子已经被人发明。就实际方面着想，"毕业"二字也不过是说一人的学问已经达到"比较可以"程度而已。此所谓"比较可以"的感慨只有与该学生是相近的教员或导师才有。所以依理想教育计划我们应该实行"导师制"tutorial system，每个学生可以自由请一位教员做他个人的导师，一切关于学问上进行方针及看书之指导专托于此一人之手，此导师取之教授也可，取之于学侣院中人也可，只须得他们的同意。导师应知道该学生学问之兴趣与缺点随时加之指导，且时与以相与谈学之机会。倘是一学生的程度可以使他的导师觉得已达到"可以"程度，于必要时就请他的导师给个凭据也可以，认此学生为该导师之门人。故毕业之事全与学校无关，而为导师个人的私事。同一学院毕业，或为梁任公的门人，或为章炳麟的门人，梁任公或章炳麟之所认为什么是"可以"程度，则全由梁任公章炳麟以私人资格而定。各导师的门人的程度，或高或低，本不相干，因为这可由各导师自己负责。至于此文凭之程式，也由各人自定，印的也成，写的也成，写在连史纸上也成，写在毛厕里用的粗纸或在信封上面也成。因为这文凭是最不紧要的事。我们理想教育完全实行的时候，应该完全用不着文凭。应该一看那学生的脸孔，便已明白他是某某大学毕业生。倘由一学生的脸孔及谈话之间看不出那人的大学教育，那个大学教育也就值不得给什么文凭了。

（《现代评论》第 1 卷第 5 期，1925 年 1 月 10 日）

怎样洗炼白话入文

（一）

　　吾于《论语》廿六期（《语录体之用》及《可憎的白话四六》）表示深恶白话之文，而好文言之白，时余不知今年白话倒霉年也，又不知吾所欲纠正者，竟有人欲打倒。于是十分抱歉，想拥护白话之文又非做不可了。在第一篇已言"白话作文是天经地义，今人做得不好耳"。今日仍是这个想头，并无变卦。夫文人恶习，好填塞，为文曰"一颗受了重创而残破的心灵是永久的蕴藏在他的怀抱"，曰"女人最可畏的物质贪欲和虚荣心她渐渐的都被培植养成"，既不明又不白，罗里罗嗦，则非纠正之不可，但又有人欲一古脑儿推翻白话，或复兴旧式文言，或另树旗帜与之对抗，则又非急急起而拥戴之不可。须知吾之拥戴语录，亦即所以爱护白话，使一洗繁芜绮靡之弊，而复归灵健本色之美，岂得谓吾之赞叹金圣叹"大君不要出头，要放普天下人出头"之句耳。

然则吾之爱白话诚甚，且更甚于欲脱离白话另起炉灶之大众语文人也。

大众语问题发生时，吾未敢遽发议论，而数月来寤寐思服，悠哉悠哉，《自由谈》此类文章无一篇不读，无一意见不领教，真是辗转反侧。反侧结果，但见一篇说高尔基教人洗炼白话及黎锦熙一文正中下怀。黎锦熙之言曰："那我终于不知道他（大众语）和国语或白话有甚么异同了！"我亦始终不知道其与白话文有何分别也。白话范围宽大，有何不容？有何不好，须来打倒？有何不治之症，在大众语便可得治？胡适之下白话之定义曰"明白之白"，二十年来结果文人作白话仍是不明不白，然则今日倡提大众语，二十年后文人所作仍不大众可必也。文人有什么捞什子可容于大众语而不容于白话乎？大众语并非方言，便是普通话，普通话非白话乎？大众语文人明知大众辞汇缺乏，须提高程度，由大众提高之白话，非白话乎？大众语主张掺入欧化新名词，掺入欧化新名词之白话，非白话乎？今日既无人能用一二十字说明大众语是何物，又无人能写一二百字模范大众语，给我们见识见识，只管在云端呐喊，宜乎其为大众之谜也。

故欲纠正今日文字之失，仍是大家先学做好白话文。须知今日白话之病，不在白话自身，而在文人之白话不白而已。此症不除，换一名目，亦不能除。文人之病在好填塞，用烂调。好填塞之由，笠翁说得十分清楚："填塞之病有三：多引古事，叠用人名，直书成句。其所以致病之由亦有三：借典核以明博雅，假脂粉以见风姿，取现成以免思索"，即矫、空、懒三病也。此三病不除，只管换任何新招牌，仍会一溜烟陷入填塞烂调之弊。乃因白话浅显，加以作家意见浮泛，索然无味，读者生厌，作者亦虑人生厌，故天然必走上粉饰之途，以文其陋。"你的老婆，我的老婆"写厌时候，又必回到"夫人""妻""内子""拙荆"。此有意建造大众文学之人所必留意而早为之者也。

凡一国之文字必有其传统性，欲入大众口中之文字尤必保存其传统性。必欲排除外国名词，若十七世纪之英人，及近代德人之所谓国粹家（purist）者，固然见地太狭，不足为法，而醉心欧化认为国语有毒者，欲排斥文言，行其保姆政策，一手建造"新大众语"，亦未免痴人作梦。国语中多文言遗产，为何不可享受？一时矫揉，必难持久。写厌了"欢喜得了不得"时，自然而然会写"欣喜雀跃"，写厌了"比不过他"时，自然而然会写"相形见绌"，写厌了"话说的投机，大家心中理会"，自然而然会写"相视莫逆"、"心照不宣"等文言句，乃中国文字传统中锻炼出来之成语，亦即吾国文学之遗产。用乎？不用乎？若以为太不大众而摒弃之，恐不仅文不洁净，恐并"辞达"二字亦办不到，其结果是否梦想中之"大众"所欢迎，亦成疑问；若其用之，则又与今日白话有何分别？此又努力大众文学之人所应从长计议者也。

若曰，文字欲其美，欲其洁净，是小资产阶级意识，非大众所要，此语虽甚时行，实则表示摩登文人之浅薄功利主义而已。洁净与达意排不开。谓"大家心中理会"不如"心照不宣"洁净可，谓其不甚达"心照不宣"之意亦可。至于文字只许达意，不许其美，骂为布尔乔亚，亦不过如云吃菜只须补养，不必美味，此非近代卫生饮食论也。盖菜色不美，或菜味不甘，则胃汁不大出来，有碍消化。苏俄新成立时，以为妇女皆应不搽粉，打倒其所谓小资产阶级"可憎的迷恋时装之心理变态"（The wretched psychosis of fashion）。今年年初乃有苏俄政府颁给国立脂粉馆女主席"列宁勋章"之事。苏俄妇女初亦认脂粉为性的奴隶之表记，毅然将镜子一齐都打碎，一如鼻头不油光便是反革命。孰意不数年间，一车蛇皮新鞋运到苏都时，苏俄妇女成群结队争先恐后包围，至须红军出队镇住，蛇皮鞋子始得安全无恙。今则并由苏俄政府分送胭脂与女工矣，盖认为如此，人才活得下去，而工作亦易得良好成绩也。（见 Vogue，本年四月一号）。然则文字欲其美，似非反革命矣。此又提倡大众语者所应及早见到者也。

　　况今日提倡大众语者，非仅欲求文人幻想中所臆测之大众之"意识形态"而迎合之迁就之，并欲改造吾国平民之"意识形态"，以符吾主义。此即所谓国语有毒说也。且无论长衫阶级配不配能不能了解工人之意识，即此保姆政策，欲将工人原有意识加以淘汰，为之抉择，自身又不读平民所好读之《七侠五义》，只读卢那查斯基，大众果然肯不肯读汝的货色，则尚有疑问。所谓国语有毒，纯系肤浅之见，即使有毒，亦非三数文人至三数十文人所能改造，而置语言之历史性于不顾也。夫所谓有毒者何？迷信之语也。现代英人不信乔治大仙，而赌咒仍言 by George，不信"人身四液说"，而言人沉默寡言者仍称之为"痰气"phlegmatic，而英人并未因此中毒。然则国语中之"肝火""脾气""三魂荡荡七魄悠悠",吓得"魂不附体",气得"七窍生烟"。用乎?不用乎?以科学言之,四月八日比佛祖生日好也,夏季比三伏高明也,阳历九月比廿四秋老虎科学也。用乎?不用乎?佛祖生日,秋老虎,三伏用之则深得大众语意味,皆大众所欢迎,弃之则惟有意识形态物质环境一套西洋把戏,能深入大众之心乎?大众固有大众之读物矣,其对大众有极大之魔力。谈大众语者非努力看大众所看之章回小说不可。今且有主张"改造"《水浒》《红楼》而去其毒,吾以为狗尾续貂的勾当仍是不做好。能改《水浒》者惟有啃窝头之山东第一流才子,非吃洋点心之青年。今既无此啃窝头之才子,并无啃窝头之念头,乃欲迫之而就我,究竟一国文字可否容许你如此抉择处置,而能保留其生命,实可怀疑。现此已有人言,"拿货色来",大众语拥护者曰,且勿心急。实则并非人家心急。连你所讲亦非国语,亦非白话,亦非文言,亦非欧化语之所谓大众语,人家亦不懂,有无三头六臂,汝亦说不清楚也。吾以为并非拿出货色来要紧,是货色拿出来时大众要不要睬汝,乃是要着。若大众要睬不睬,则汝僵矣。此时所谓大众意识如何,全是文人梦想,及真要迎合大众心理,使大众读你文章,尔时必不是你的文章能磨炼大众意识,而反是大众意识能磨炼你的文章,否则死亡。然则大众语弟兄非但《水浒》《红楼》要看,乃并张恨水之《啼笑姻缘》亦不可不看矣。此又提倡大众语者所应思量一下者也。

创作自是好事,但亦应善引前车为鉴。西洋文学,据我所知，并无所谓大众语独别于白话者。英文中描写"一只飞机在空中像一只蜻蜓飞来飞去"句子，读来甚好，在中文便有人恶其不文。然以如此健全标准之文学仍不见有人提倡以大众之语为文而别于白话。或有一二作家，如 Will Rogers 以俚语批评时事，一针见血，极有力量，如 Ernest Hemingway 以美国口语写作小说，亦维妙维肖，实亦不异《水浒》、《红楼》描写口吻之绝技。英文普通文字，惟有行文或深或浅之别，文白之间未尝有何一定界限，亦非有文章全然一致一回事。盖据一说，英国矿工常用辞语不过七百字，英人固未尝梦想以七百字行文也。至于苏俄是否有大众语其物，则吾不知。倘使有之，是如何样子，颇想一看。此又提倡大众语者所应详加考较者也。

　　吾意大众语必无声无臭的归还白话，真正大伙儿的话，文人必学不来，但能从此学会写明白的白话，而矫正今日白话洋八股之弊，是亦一大佳事。倘能实地工作，依实录方法编一部精确的《京都字典》，则吾更将焚香顶礼而膜拜之，因吾欲查京话，尚须检 Hillier 氏之《英汉北京土话字典》也。

（二）

　　须知流行白话之可憎，乃白话作家之罪，尤其是"海派"作家之罪，非白话之罪。白话作家能写成老舍老向何容白话，已了不得。吾尝谓（《论语》四十期《语录体举例》）"白话提倡至今十余载，而白话语法之妙，文人尚未尽量移入文中。若胡适之所引'你是给奴才做奴才的奴才'白话达意传情句子，在今人作品中极少见之"。又曰："大凡《野叟》《红楼》白话之佳，乃因确能传出俗话口吻，而新文人白话之劣，正在不敢传入俗话口吻……夫白话提倡时，林琴南斥为引车卖浆之流之语，文学革命家大斥其谬，而作出文来，却仍是满纸头巾气，学究气，不敢将引车卖浆之口吻语法放进去。"此中弊源，乃在文人"文"的观念之误。文人所谓文者，乃文彩之文，非文理之文，乃粉饰之文，非本色之文。石有纹，云有章，此文章之本义。善行文者，议论风生，层层滚出，此本色之文也。八股文之佳者，亦在其起承转合段段逼出之奇，非关文字辞藻也。故所谓文者，即思想议论之纹路，若《红楼》凤姐的话，篇篇好文章也。识得凤姐话里文章之美，始可与言文。随举一例（三十回）：

> 只见凤姐儿跑了进来，（向宝玉黛玉）笑道："老太太在那里抱怨天，抱怨地，只叫我来瞧瞧你们好了没有。我说不用瞧，过不了三天，他们自己就好了。老太太骂我，说我懒。我来了，果然应了我的话。也没见你们两个有些什么可拌的。三日好了，两日恼了，越大越成了孩子了。有这会子拉着手哭的，昨儿为什么又成了乌眼鸡呢？还不跟我走到老太太跟前，叫老人家也放些心。"

此尚不是凤姐最好文章，最好文章一时也检不出。然此种话里文章乃文之本义。行文者能学凤姐说话，即是文学大家，若只是在修辞改句掉文弄墨，皆真所谓雕虫小技，不足以言文，亦不足以言锻炼白话入文也。白话不敢用引车卖浆者流之语，好用烂调，即正在此雕虫小技上用工夫所致。吾常见友人谈话，风采焕发，层层滚出，津津有味，以为此人若肯就此作题材，就此写下去，便是绝好文章，有机趣，有譬喻，有妙语，有见解，有风调。吴稚晖之文，即近此派，毫不造作，而不容你不读下去。

　　吾理想之文字乃英国之文字。英国文字，所谓最正派者（in the best tradition），乃极多土语成语之文，非书本气味之文。英国散文大家，绥夫脱也（《小人国》作者），第否也（《鲁滨孙漂流记》作者），莱姆也。试读诸子之作，何尝有丝毫书本气？若 Macaulay，Arnold 之文，只好算第二流，因腊丁名词过多，书本气过重也。英人得此种正确传统，乃有极灵健之文字，而有极好之白话。谓"检讨经济最穷之方面"乃书本英文，曰"看看鞋子那一方窄痛"（find out where the shoe pinches）乃上流文字。谓"劳意乔治与守旧党妥协"乃下流文字，曰"劳意乔治吊守旧党之膀子"（Lloyd George's flirtations with the conservatives）乃真正上流正统英文。英文在各国文字中首屈一指，乃一方由其辞汇之丰富，一方由其文字之灵健 virility。其所以灵健，乃因其尊土话成语 racy, idiomatic English 为正统也。犹如中国人人能尊曹雪芹为文学正统，取之以为标准白话文，将来亦可有好白话文章，中国文字亦必灵健无疑。实则英文文字固有二宗源统，一为法语腊丁语，一为盎格罗撒逊语，故今日英文辞字中每每有二名词同表一义，欲其典雅，则用法语腊丁语，欲其矫健，则用盎格罗撒逊语。如"得"字有 obtain，get，"爱"字有 affection，love，"家宅"有 residence，home，"掘"有 unearth，dig，等等。第一字用于典雅处，第二字用于灵健处。其中关系，适与中国之有古文白话相同。"惆怅"比"恼"高雅，而"恼"却比"惆怅"有力；"废然而返"比"搭讪回来"古朴，而"搭讪回来"却比"废然而返"雄劲。今人但悉得"废然而返"之美，而不知"搭讪回来"之妙，殊不足以论文。盖物有新旧之分，语有古今之别，古者则得幽深淡远之旨，今者则得亲切逼真之妙。两者须看时并用，方得文字机趣，与英国文字相同。但采用白话尤为重要，因人忽略故也。且白话多反映现实语。凡文字必不可无反映现实之辞字，文字多抽象名词则流为萎弱。中文固最好具体名词而最缺抽象观念，然能善用之，正可产生好散文。若"大小"观念只以具体之"大"与"小"合成，"长短"观念只以具体之"长"与"短"字撮合，无所谓 size，length 也。"是非曲直"已具体矣，而又不如"青红皂白"之具体。不能知人之心则曰："我岂汝肚里之应声虫？"此是如何活泼一种说法！若今日文人必曰："我何以能够了解你的意志呢？"再进一步必又曰："我何以能推知你思维之程序呢？"今日最佳之现代英文，乃能将二种字面，抽象的及具体的，连贯起来。如言 A "nose" for news，the "cobwebs" of knowledge，the "drift" of language riding on the "tide" of success，若将 nose，cobwebs，drift，tide 等具体字面改为 appreciation，accumulations，tendency，forward movement，则全失文字精彩而文字自身流为靡弱。白话本性既极具体，再加入文言之淡远字面，运用适中，锻炼起来，必有极灵健之散文出现，与任何国文字媲美也。吾理想中之白话文，乃是多加入最好京语的色彩之普通话也。

　　试以此一观点读《红楼》，便可知白话之字亟应收入文中者甚多。"待放下又放不下"待字甚好。"你可仔细"可字甚佳。白话中"可"字最能传神，"可不要把身子弄糟了"，"可不是吗？"今文中少见。"只管出神"，只管亦好，出神亦好。"叫人心酸"心酸亦好，"总不理会"总不亦好，理会亦好。今人"可"字不能用，"只管"亦不能用，"心酸"则易以"悲哀"，"理会"则易以"注意"，却不知"理会""计较""睬"皆极好字面。"睬他一眼""觑他一眼"亦皆灵妙。"不许恼了"，恼字比发怒动怒好。"你又在跟前弄鬼"，又字亦系传神字。吾前作《论语》小评，有一题曰《又来宪法》亦系借用此法。"别提那个了"，今人作"提起"，全失白话精彩。"派他一个不是""落个不是"，"派""落"字亦是真正口语，须多用。"打抱不平"今人言"路见不平"，亦不及原语声势。"选"《红楼》曰"拣"曰"挑"（"拣了几种进去"）。动词《红楼》用得极其灵活，若"向宝玉怀里一摔""黛玉戳他一下""递了过去"皆是。余如"合眼""记挂""害臊""受气""受用"亦用得维妙维肖。今人不言"合眼"，只说"闭着眼睛"，亦是白话写得不好之证。

　　其实白话中尽有许多传情达意之字皆比文言具体。"害臊"今人作"惭愧"，"记挂"今人作"记忆"，"念头"今人作"思想"，"思量"今人作"思索"，"受用"今人作"享受"，"受气"今人作"怨愤"，"赏乐"今人作"欣赏"，"日子"今人作"时间"，"快活"今人作"愉快"。实则论其传情，后者皆不如前者。公安诸子尺牍中"思量""受用""快活""日子"等字面皆尽量用过，惜今人不能用耳。实则不但明尺牍语录如此，古文诗词佳句亦每每含有此种味道，能运用平常字句，画出一副光景。若"月挂树梢"，挂字便是寻常字，"载月归来"，载字亦是寻常字，余如"踏雪"，"枕流"胜于"横流"。至如"爬梳"史实，"收拾"闲情，"撩乱"胸矜，"洗涤"尘想，"芟锄"坏种，打破"藩篱"，尽释"芥蒂"，斩除"葛藤"等皆是最健人脾胃字句。此种字面，万古常新，因其能近取譬，生飕飕，活泼泼，灵动矫健，毫无板滞枯萎气味也。白话文中此种句子，尽管放进去无妨。盖《红楼》《野叟》等行之在先，已能将白话文言调和尽当也。

　　吾尝谓今日之乎与了吗之争，皆甚无谓。人言吾写的是语录，是文言，吾亦不计较；或言吾兹所写的系白话，吾亦不计较。文白之争，要点不在之乎与了吗，而在文中是今语抑是陈言。文中是今语，借之乎也者以穿插之，亦不碍事。文中是陈言，虽借了吗呢吧以穿插之，亦是鬼语。此其中所不同者，一真切，一浮泛耳。故吾宁可写白话的文言，不可写文言的白话。文言烂调诚多：读来字字熟炼，而字字霉腐，必然不得新生命。九月十日《上海报》有吴稚晖先生传略，文字便属此种。

先生矢志不作官，故至今未膺重寄。为人强毅果敢，见义勇为。演说一气数十句，诙谐动听，精力兼人。晨起庭见宾客数十人。会议每穷日夜。归阅函简盈尺，要者答覆，不假人手。作文章，则坐以待旦，习以为常。与人言议论风生，辩才无碍，所操皆锡音也。少孤寒，以孑身走中外，恃文章投稿自给。今名满天下，仍贫屡，而每有金，为友人贷尽不吝。生平刻苦卓绝，健步行，不须车马。尝上泰山，观日出，升降如飞，不少委顿，盖异禀也……

此种字面，板板六十四，句句已见过知百遍于前人传记中，故句句陈腐（若"少孤寒"，"盖异禀也"等等），盖作者笔调专学古人，尺落窠臼，一步不得自由，故其表现能力极薄弱，极有限，而毫无尖新之趣。其中吾人可得一点真意义者二句而已，即"演说一气数十句"，及"不须车马"，须知此二句所以使吾人得点确切印象者，正因其非古人做过之句耳。今取文言而洗尽一切俗态，打破藩篱，放入土话，接近今语，此乃真正的解放，名之为白话亦可，名之为文言亦可，名之为语录亦可，甚至连之乎亦换为了吗亦可，或者既用了吗，再放一二矣焉进去亦可，皆不要紧也。所便宜者，用语录比用白话省写几个字，亦如鲁迅《中国小说史略》序所谓"虑钞者之劳也，乃复缩为文言"用意云尔。如此则文白之藩篱尽破，借此可直捣文言巢穴。

（三）

今人白话，不但不如清人之小说、明人之尺牍，且并不如元人之戏曲，戏曲"也么哥"人人知之，这是如何勇气。彼不但能用此等字面，且并能运用洗炼之，使与文言调和，发生无穷滋味。且举元曲数例，以见元人之勇及今人之懦：

> 旧酒没，新醅发，老瓦盆边笑呵呵，共山僧野叟闲吟和。他出一对鸡，我出一个鹅，闲快活。
>
> 南亩耕，东山卧，世态人情经历多，闲将往事思量过。贤的是他，愚的是我，争甚么？（关汉卿《闲适二首》）
>
> 心间事，说与他，动不动早言两罢，罢字儿碜可可你道是耍！我心里怕那不怕？（马致远《落梅风》）
>
> 一个空皮囊包裹著千重气，一个干骷髅顶戴著十分罪，为儿女使尽了拖刀计，为家私费尽了担山刀。你省的也么哥！你省的也么哥！这一个长生道理何人会？（邓玉宝《叨叨令道情》）
>
> 百年三万六千场，风雨忧愁一半妨，眼儿里觑心儿上想，教我鬓边丝怎地当？把流年仔细推详，一日一个浅斟低唱，一夜一个花烛洞房，能有得多少时光？（无名氏《水仙子遣怀》）

元曲白话之成功，已甚显然，而在浅显之间，仍然不俗，且亦甚得文言白话之调和。试看《西厢》闹会曲中，有文言，有白话，而却能调和不露痕迹。

　　　二月春雷响殿角，早成就幽期密约。内性儿聪明，
　　冠世才学，扭捏着身子，百般做作。

其实若《一半儿》《山坡羊》诸令皆是前半多文言，末二句
全用白话。

　　戏曲、传奇、小说皆中国之平民文学，虽或有专供文人
案头阅读者，而多系要在台上演唱与平民理会。是戏曲小说
文学，乃真正大伙儿的话，今人所谓"大众语"也。在案头
写作尽管作大众语，而台上扮演，却非用大伙儿的话不可，
若新式"大众语"三字，大伙儿便不懂。所以注意白话文学者，
正可在旧戏曲小说中研究其用字取材。余谓李笠翁曲话乃是
一本绝好不过之文章作法指导，不限于戏曲也，而对于此种
使平民了解文字之工夫，尤系李氏所自称为"所谓三折肱为
良医，此折肱语也"。字字得自经验，出自襟腑，毫无一句
假话，且能运用个人笔调，到处诉其个人感兴，或叹其穷苦，
使你不忍释卷也。（此书在《笠翁一家言》《闲情偶寄》部中，
普益书局有石印本，现启智书局有单行标点本，摊上二十个
子可买得来也。）余意凡白话文人，非人人将此书读透不可。
就中"第一结构"立主脑，脱窠臼，戒荒唐，审虚实，"第
二词采"，贵显浅，重机趣，戒浮泛，忌填塞，"第三宾白"，
语求肖似，词别繁减，字分南北，文贵精洁，意取尖新，少
用方言，时防漏孔，等等，皆与本题有关。此书读好，用心磨炼，

不但可作听得懂说得响的白话，并可得幽默文小品文之三昧。
兹就一二要点录下。其教人脱书本气曰：

> （贵显浅）若论填词家宜用之书，则无论经传子史，
> 以及诗赋古文，无一不当熟读，即道家佛氏九流百工之书，
> 下至孩童所习千字文百家姓，无一不在所用之中。至于
> 形之笔端，落于纸上，则宜洗濯殆尽，亦偶有用着成语
> 之处，点出旧事之时，妙在信手拈来，无心巧合，竟似
> 古人寻我，并非我寻古人。

其论造句用成语须能顺口曰：

> （拗句难好）变难成易，其意何居？有一方便法门，
> 词人或有行之者，未必尽知之者……凡作佶屈聱牙之句，
> 不合自造新言，只当引用成语。成语在人口头，即稍变
> 更数字，略变声音，念来亦觉顺口。新造之句，一字聱牙。

> 非止念不顺口，且令人不解其意……若使新造之言而作
> 此等字句，则几与海外方言无别，必经重译而后知之矣。海
> 内译家，可理会斯言。其论作宾白以顺口耳为标准，亦正与
> 行白话文无别。其言：

> （词别繁减）从来宾白作说话观，随口出之即是。
> 笠翁宾白当文章做。字字俱费推敲。从来宾白只要纸上

分明，不愿口中顺逆。常有观刻本极其透澈，奏之场上便觉糊涂，岂一人之耳目，有聪明聋聩之分乎？因作者只顾挥毫，并未设身处地。既以口代优人，复以耳当听者，心口相维，询其好说不好说，中听不中听，此其所以判然之故也。

老舍行文，必使其妻念得顺口，便是此种道理。实则世界好文学皆须朗诵，至顺口始其得佳处。Henry James 文极难懂，惟念出始得真味道，Phelis 尝以此叩之，James 首肯而请其代守秘密。其论作文与妇人小子看曰：

（忌填塞）其事不取幽深，其人不搜隐辞，其句则采街谈巷议，即偶涉诗书，亦系耳根听熟之语，舌端调惯之文，虽出诗书，实与街谈巷议无别者。总而言之，传奇不比文章，文章做与读书人看，故不怪其深；戏文做与读书人与不读书人同看，又与不读之妇人小儿同看，故贵浅不贵深。使文章之设亦为与读书人不读书人及妇人小儿同看，则古来圣贤所传之经传，亦只浅而不深，如今世之小说矣。人曰，文士之作传奇，与著书无别，假此以见其才也，浅则才于何见？予曰能于浅处见才，方是文章高手。

故笠翁推《水浒》文字第一。"吾于古今文字中，取其最长最大而寻不出丝毫渗漏者，惟《水浒》一书。"（少用方言）

其论洗炼成语入文曰：

> （戒浮泛）然一味显浅而不知分别，则将日流粗俗，
> 求为文人之笔而不可得矣。……又有极粗俗之语，止更
> 一二字或增减一二字，便成绝新绝雅之文者。神而明之，
> 只在一熟，当存其说，以俟后人。

"熟"乃文章斫轮老手之谓，此中关系，惟赖天才。有天才出，自能运用自如也。曹雪芹、施耐庵、王实甫、汤若士皆是前例。

此外论作文须自己删稿（见"文贵洁净"），论"少用方言"，论即景生情之描写法（"琵琶赏月四曲，同一月也，牛氏有牛氏之月，伯嗜有伯嗜之月，所言者月，所寓者心，见"戒浮泛"），论描写须从"有待说之情"说起"同段"，论冷热并用（"剂冷热"）皆作文要着。其论"字分南北""声音恶习""少用方言"，作大伙儿的话者亦可参考。其论"科诨""戒淫袭""重关系""贵自然"数段，竟可作幽默文章之指南。如曰："雅中带俗，又于俗中见雅，活处寓板，即于板处证活，此等虽难，犹是词客优为之事；所难者，要有关系，关系维何？曰于嬉笑诙谐之处包含绝大文章。……"（"重关系"）又曰"我本无心说笑话，谁知笑话逼人来？"（"贵自然"）又曰"人间戏语尽多，何必专谈欲事，即谈欲事，亦有'善戏谑兮，不为虐兮'之法"（"戒淫袭"）。即其论作文不可有道学气（"即谈忠孝节义与说悲苦哀怒之情，亦当抑圣为狂，寓哭于笑，如王阳明之讲道学"（见"重机趣"）。

论文字须依"笔性"（见"词别繁简"），论贵性灵（"填词种子，要在性中带来"见"意取尖新"）等段，直是小品文作法门径。

　　吾意，白话成语用之于小说戏曲固然，而人或以为在论说总有不便。过渡之法云何？曰，以小品文出之是也。故今日文字问题有二要点：一、洗炼白话使之入文；二、利用小品文使此种成语同时侵入论说境界。如此中国文字便可活将起来。

（《人间世》第 13 期，1934 年 10 月 5 日）

增订《伊索寓言》

两月前旁听华东各大学英语演说比赛，竟发见有大学生，引《伊索寓言》为材料，可见此书入人之深，而大学生脑里盘桓者，仍是这些东西。乃思以后编大学教材，当以寓言体为主，以便灌输，而收到事半功倍之效。这且不提，只说我小时读伊索"龟与兔赛跑"龟跑赢的故事，极为兔抱不平，且深恨龟。为此蓄志日久，要修订此书，以供一班与兔、骏马等同情；而不与龟、蜗牛等同情者之玩读。此为光绪末年间事也。光阴荏苒，人事牵延，至今尚未着笔，然以时间计，其中惨淡经营之年数，亦不比"追随总理二十五年"者逊色也。现在中山先生之墓木已拱，而吾书犹未成，惭愧惶恐，内疚不安，乃乘《十日谈》出刊之便，书数则，以了夙愿。

一　龟与兔赛跑

有一天，龟与兔相遇于草场上，龟在夸大他的恒心，说兔不能吃苦，只管跳跃寻乐，长此以往，将来必无好结果。

兔子笑而不辩。

"多辩无益。"兔子说，"我们来赛跑，好不好？就请狐大哥为评判员。"

"好！"龟不自量的说。

于是龟动身了，四只脚做八只脚跑了一刻钟，只有三丈余。于是兔子不耐烦，而有点懊悔了。"这样跑法，可不要跑到黄昏吗？我一天宝贵的光阴，都牺牲了。"

于是，兔子利用这些光阴，去吃野草，随兴所之，极其快乐。

龟却在说："我会吃苦，我有恒心，总会跑到。"

到了午后，龟已精疲力竭了，走到荫凉之地，很想打盹一下，养养精神，但是一想昼寝是不道德，又奋勉前进。龟背既重，龟头又小，五尺以外的平地，便看不见。他有点眼花撩乱了。

这时兔子，因为能随兴所之，越跑越有趣，越有趣越精神，已经赶到离路半里许的河边树下。看见风景清幽，也就顺便打盹。醒后精神百倍，却把赛跑之事完全丢在脑后。在这正愁无事可做之时，看见前边一只松鼠跑过，认为怪物，一定要去追上他，看看他尾巴到底有多大，可以回来告诉他的母亲。

于是他便开步追，松鼠见他追，也便开步跑，奔来跑去，忽然松鼠跑上一棵大树。兔子正在树下翘首高望之时，忽然听见背后有声叫道："兔弟弟，你夺得锦标了！"

兔回头一看，原来评判员狐大哥，而那棵树，也就是他们赛跑的终点。那只龟呢，因为他想吃苦，还在半里外匍匐而行。

（一）凡事须求性情所近，始有成就。

（二）世上愚人，类皆有恒心。

（三）做龟的不应同人赛跑。

二　太阳与风

有一天，太阳与风在争辩，谁的力气大。狡诈的太阳看见地上有行人走路，知道叫人出汗解衣，是他的拿手好戏。于是他对风说：

"我们比一比吧！谁能叫那位行人脱下衣服，便算谁的力气大。"忠厚的风上当了。他答应。

风先鼓起他的力气，尽力的吹，可是只有吹掉那行人的帽子。聪明沉重的太阳在旁像老滑巨奸格格的暗笑。他说："让我来，我多么王道。我不声不响的能叫那人马上赤膊给你看。"太阳胜利了。

这是天上的方面。

在行人的方面，只觉得天时乍暖乍寒，有点反常，那里知道是在上者使枪法，累及下民遭殃。在他解衣之时，他对自己说道：

"那凶横的风，我到有办法。只是那太阳，不声不响，看来似乎非常仁厚王道，一晒晒得我热昏，叫我在此地出汗受罪。风啊，求给我吹一吹吧！"

且说天上，忠厚的风无端受太阳奚落一场，心殊不乐。忽然慧心一启，哈哈大笑的对太阳说：

"老滑巨奸，你也别使枪花了。我们再比一下，看谁有本事，叫那行人再穿上衣服。"

太阳为要做绅士，虽然明知必败，只好表示主张公道而答应了。

这回太阳越晒，那人越不肯穿衣服。等到风一吹，那人才感觉凉快，谢天谢地，再穿起衣服来了。

这回是太阳失败了。

行人因为天时反常，冷热不调，伤肺膜炎，一命呜呼哀哉，但是天上的太阳与风，各人一胜一败，遂复和好如初，盟誓曰："旧帐一笔勾销！"

（一）非才之难，善用其才之为难。

（二）不声不响的人都可怕。

（三）天上使枪花，下民空呀嗟，旧帐勾销后，小民眼巴巴。

三　大鱼与小鱼

某池中，生鱼甚多。大鱼优游其中，随便张开嘴，便有十几条小鱼顺水游入口中，大鱼吃来毫不费力。

一天，一条小鱼，看了心上如同火烧，双目凸出，向大鱼说："这太不平等！你大鱼为什么吃小鱼？"

大鱼很和气的说："那么请你吃吃我看，如何？"

小鱼张开嘴，来咬大鱼的肚下，咬了一片鳞，几乎鲠死，于是不想再咬下去。大鱼乃一句话不说，扬翅而去。

世上本没有平等。

四　冬天的豪猪

叔本华有一段寓言很好，如下：

有一冬天之夜，天降大雪，林中的豪猪冰冻不堪。后来大家寻到一间破屋，一齐进去。

起初，大家觉得寒冷，所以围做一团，大家分暖。只因豪猪只只身上都是刺，一碰之后，不得不大家分开。分开之后，又觉得寒颤，又想团聚分暖。如此分后再合，合后再分，往返数次才找到一种适当的距离，既不相刺，又可稍微分暖，就此相安无事，一夜过去。

叔本华的意思是说，这就是人类的社会。

（《十日谈》第 2 期，1933 年）

今文八弊

（上）

济颠诗："六十年来狼藉，东壁打到西壁，如今收拾归来，依旧水连天碧。"虽是济公晚年自道圆寂胜景，却也未尝不可拿来做现代中国影子。上二句是应现在六十年来狼藉之势，下二句能否应了将来，却要看中国人灵魂收拾得来与否，收拾不来，恐是长此狼藉下去，不必说西天乐土无份，就是眼前水连天碧也没福消受了。我想文化之极峰没有什么，就是使人生达到水连天碧一切调和境地而已。我生不逢辰，处此扰攘之秋，目所睹是狼藉之象，耳所闻是噪嚣之音，想国事至于此极，我同胞的心灵已经混乱了，柔肠已经粉碎了，神志已失其平衡，遂时时有颠倒梦呓之言，躁暴狂悖之行了。所以"东壁打到西壁"可以形容政治，也可以形容文学，目之所见，耳之所闻，何一非混揪混打尔诈我虞之举动。好像一人走了魔一样，魂灵已离躯壳，躯壳只做些无谓的抽抖而已。指天画地，忽哭忽笑，喜怒反常，好恶无定。忽而装腔作势，自欺欺人，忽而悒悒终日，垂头丧志。因此国中的思想忽而复古，忽而维新，所复的是最迂腐的古，所维的是最皮毛的新。好比一人发寒瘟，冷一阵，热一阵，冷得像入冰山，热得像上油锅。这样子元气怎能不消耗，身子怎能不虚弱下去呢？我国人的神志既然这样纷乱，自然早已失了中国文化所重"事理通达心地和平"的精神，及希腊文化所重的 sweet reasonableness。在这种情形之下，自然不能有伟大的创作。一人的神灵四分五裂，只有冲突，没有调和，怎能有伟大的创作出现？我看这个时期应当是批评的时期，做些斩芟芜秽推陈出新的工作，最为重要。然仅此批评的工作，亦非恢复"事理通达心地和平"的境地不可。到于今人心理，所以这样不宁，本也难怪。一则，受政治的影响，国强则礼盛，国弱则礼衰。今日不论政治、社会、文学、舆论，那里有一种是非公理。是非既泯，公理既灭，于是人心也乱了。人心既乱，于是失了大国风度，自暴自弃，相轻相蔑，容易迁怒于人，而发生东壁打到西壁，乱嚷乱滚不得安静情状。二则，潮流太复杂，处此东西交汇青黄不接之时，融会古今，贯通中外，谈何容易？此种批评，岂是人人做得来？做不来又偏偏不能不做。譬如女子烫发与梳髻孰美，男人卫生衣与短衫孰便，一举一动之微，都无意中含了中外的比较。据此种日常琐碎一言一行之微，概括起来，于是不是复古，便是维新，不是国粹，便是新学，各有成见派别了，对此东西文化问题也就交代过去了。殊不知文化批评，那里如此简单。表扬文化，岂在梳髻改服？风筝岂能救国，打拳何关国防？只因服之短长，髻之形样，武人尚看得到，信手拈来，禁止提倡，博个关心风化的美名罢了。如此批评文化，更难搔着痒处。三则感情过于冲动，主见难于捐除。大家都是黄帝子孙，谁无种族观念？眼见国家事事不如人，胸中起了角斗。一面想见贤思齐，力图改革，一面又未能忘情固有文物，又求保守。此种保守心理，出于至情，一半为国，一半为己，争点体面。保守自信与见贤思齐两种心理，都未可厚非。不过保守自信易流于抱残守缺，顽固迂腐，两者相去，间不容发，一不小心，便入迷途；见贤思齐又易流于盲目崇拜，趋新骛奇，彼此之间，岂易鉴别？难矣哉，批评乎！中智以上的人既然失了主裁，心志未定青年，遂亦歧途观望。再加以上所谓国乱心危，人人着急，遂发生此两相成之普遍的"自大狂"与"忧郁狂"。是非颠倒，好恶反常，蝉翼为重，千钧为轻，其情急以哀，其辞激以怨。所见于文，方巾作祟，猪肉薰人，或为西崽口吻，或为袍笏文章，既非真正现代批评，又全非古来明理达情面目了。收拾归来，谈何容易？剪纸招魂，良非得已。林子有鉴于是，欲抒愚见，以箴其失，作今文八弊：（一）方巾作祟，猪肉薰人。（二）随得随失，狗逐尾巴。（三）卖洋铁罐，西崽口吻。（四）文化膏药，袍笏文章。（五）宽己责人，言过其行。（六）烂调连篇，辞浮于理。（七）桃李门墙，丫头醋劲。（八）破落富户，数伪家珍。

（《人间世》第 27 期，1935 年 5 月 5 日）

（中）

（一）方巾作祟，猪肉薰人——有虚伪的社会，必有虚伪的文学；有虚伪的文学，也必有虚伪的社会。中国文章最常见"救国"字样，而中国国事比任何国糊涂；中国政客最关心民瘼，而中国国民创伤比任何国剧痛。

因而发生尔诈我虞上下欺罔之通电式文章，其势力所及足以影响于普通论文。实则中国政治之腐败，一半是文学标准之错误。大家养成一种说老实话的习惯，行为也可诚实一点。大概人之常情，道心愈微，道貌愈酷，文章也愈矫，所以道学假面具不拆下，魑魅魍魉必横行于世。譬如要人辞职，或因主张不行，或因意见相左，在头脑简单的洋人老实说出，也可过去，但在中国要人，必托以病。夫托以病，便有不可告人之隐，邪正得以混淆而是非莫辨矣。贪官污吏固然可以藏垢纳污，避免举发，而忠直者也隐其苦衷，不得大白于世。在面子至上主义的中国人，当然以为宣布隐衷，必伤人情面，然在健全诚实的社会，意见相左，有何不可说得？其病还在中国社会不容人说老实话罢了。即此一端，已可概见中国社会之尚虚伪了。这不过是文字应有之一端而已。我想此种虚伪的文风不改变，人人可以开口仁义，闭口尧舜，政治的混乱黑暗，也无法澄清。所以文学革命之目标，也不仅在文字词章，是要使人的思想与人生较接近，而达到诚实较近情的现代人生观而已。政治之虚伪，实发源于文学之虚伪，这就是所谓"载道派"之遗赐。原来文学之使命无他，只叫人真切的认识人生而已，你说这"人生"就是"道"也无不可，但持此"载道"招牌，必至连文学也懵懂起来。汉儒解三百篇是最好的例。三百篇大好情歌，经过腐儒一解，"关关雎鸠"，也变成美后妃之德周南之化了。袁子才问得好，文王何以不思太王而思后妃？孔子何以不思鲁君而思狂简小子？识得此理，便知子才文学观念比现代革命文人近情多了。此种载道观念，在往时足使文人抹杀小说之文学价值，视为稗官小道，难登大雅之堂。其在现代，足使人抹杀幽默小品之价值，或贬幽默在讽刺之下。幽默而强其讽刺，必流于寒酸，而失温柔敦厚之旨，这也是幽默文学在中国发展之一种障碍。必有人敢挨骂，做些幽深淡远无所谓的幽默文品，替幽默争个独立地位，然后可稍减道学派之声势。今人言宣传即文学，文学即宣传，名为摩登，实亦等吃冷猪肉者之变相而已。载道文人，必欲一颦一笑，尽合圣道，吃牛叭而思未耜，闻蛙声而思插秧，世间岂有是理？揣其为人，必终日正襟危坐，一闻花香，便惧丧志，一听鸟语，便打寒噤，偶谈两句笑话，则虑其亡国，一读抒怀小品，便痛其消闲。舒梦兰写清朝俗儒形相，正是今日文人的影子。他们讥濂溪之爱莲为"留心小草"，鄙渊明之游山为"不孝不慈"，怪李白之纵酒赋诗为"昧于明哲"，詈香山之挟伎侑酒为"伤教败俗"，必欲毁《琵琶记》之书版，拆庐山草堂之遗址，才可以正人心而息邪说。"彼其中庸之貌，木讷之形，虽孔子割鸡之戏言，孟子齐人之讽谕，皆犹似有伤盛德，不形诸口。若第以粗迹观之，即古圣先贤，犹恐不逮，我何人而敢不敬，敢不畏，敢不色沮气丧，言动皆失其常度乎？"此种流风，其弊在矫，救之之道，在于近情。

（二）随得随失，狗逐尾巴——文人最要在通情达理，竖起脊梁，立定脚跟，又须稍顾廉耻，勿专投机。凡事只论是非，勿论时宜。若是心头不定，东张西望，今年鸡年，明年狗年，嫁鸡随鸡，嫁狗随狗，忙够不了，过后自思，当亦哑然其笑。美国国民浮薄，英国国民稳重，就在这一点可以看出。现代中国人，还是近于美国派吧。我想文人肯好学深思，多用头脑，凡事求个彻底，看得真透，也可以稍稍纠正此种毛病。以前大众语之争，"海派"文人喊得震天响，北平文人早已看穿葫芦中是卖何药，置若罔闻。所以沈从文批评一句话，叫做：大抵北平作者"年纪大一点，书读多一点"所致，可谓切中要害。大抵人书读得多，便不易为新说所摇动。古来文学潮流递变，道理却是一样。即如文学是宣传，宣传是文学一说，虽然是崭新苏俄的革命理论，其文学立场却和十九世纪中叶之法国文学一般无二，知彼知此，较量一下，也就不易为危言所耸动了。今人所要在不落伍，在站在时代前锋，而所谓站在时代前锋之解释，就是赶时行热闹，一九三四年以一九三三为落伍，一九三五又以一九三四为落伍，而欧洲思想之潮流荡漾波澜回伏，渺焉不察其故，自己卷入漩涡，便自号为前进。其在政治，如法西斯蒂在欧洲文明进化史上为前进为退后，都未加以思考。其在文学，今日介绍波兰诗人，明日介绍捷克文豪，而对于已经闻名之英美法德文人，反厌为陈腐，不欲深察，求一究竟。此与妇女新装求入时一样，总是媚字一字不是，自叹女儿身，事人以颜色，其苦不堪言。此种流风，其弊在浮，救之之道，在于学。

（三）卖洋铁罐，西崽口吻——今人既赶时髦，生怕落伍，于是标新立异，竞角摩登。幽默译西洋本音则争相仿效，小品文忘记译为"凡米利亚爱赛"则起而诋毁。小品文以闲适笔调抒情说理，中外何别，乃翻译西洋小品则曰介绍西洋文化，勾稽中国小品，则曰搬卖臭铜烂铁。推其心理又系耻为华人，此种态度，何足言批评中西文化，又何足建树现代人生观？如此服侍洋大人，必恭必敬，只取洋大人之厌鄙，终身为西崽可耳，岂能一日自作主人翁？吾国文化，自应改良，然一言故旧，则詈为封建，一谈古书，则耻为消闲，只好来生投胎白种父母耳。谈古书固然消闲，然在中国读西班牙诗歌及巴尔干小说，岂便忙人所应为？又譬如医道，以西洋爱克斯光与中国阴阳五行之说相较，自然西医归入科学，中医归入迷信，与"卜星相"合为一门，理甚相宜。然一味不察，只詈其迷信，亦非所宜。倘加以深究，其中自有是非可言。若水火相克之说，肝火上生则压以水，胃土积滞则疏其气，说法虽乖，功效实同。又如金鸡纳霜是树皮，高丽人参也是树根，不得因其物有中外而分其新旧，如此将来中外医理才有打通互相发明之希望。故无论何门，读书必通，通则化。读书何为，所以供我驱使，一入门户之见，便失了自主，苦痛难言，保得自身为主，则圆通自在，大畅无比。今人一味仿效西洋，自称摩登，甚至不问中国文法，必欲仿效英文，分"历史地"为形容词，"历史地的"为状词，以模仿英文之 historic-ally，拖一西洋辫子，然则"快来"何不因"快"字是状词而改为"快地的来"？此类把戏，只是洋场孽少的怪相，谈文学虽不足，当西崽颇有才。此种流风，其弊在奴，救之之道，在于思。

（四）文化膏药，袍笏文章——所谓西洋文化，有一端吾人颇可仿效，就是：制牙膏说牙膏话，做皮匠说皮匠话。吾人制牙膏必曰"提倡国货"，炼牛皮必曰"实业救国"。于是放风筝亦救国，挥老拳亦救国，穿草鞋亦救国，读经书亦救国，庸医自荐，各药乱投，如此救国，其国必亡，不亡于病，而亡于药。吾国如要得救，各人将手头小事办好，便可救得。今舍小就大，贪高骛远，动辄以救国责人。比方《论语》提倡幽默，也不过提倡幽默而已，于众文学要素之中，注重此一要素，不造谣，不脱期，为愿已足，最多希望于一大国中各种说官话之报之外有一说实话之报而已，与救国何关？《人间世》提倡小品文，也不过提倡小品文，于众笔调之中，看重一种笔调而已，何关救国？吾甚愿人人将手头小事办好，少喊救国，学江湖郎中卖文化膏药，国始有救。此种流风，其弊在空，救之之道，在于行。

（《人间世》第 28 期，1935 年 5 月 20 日）

（下）

（五）宽己责人，言过其行——人之常情，道心愈微，道貌愈酷，上边已经说到。在比较通情达理的古代社会，儒家也是以严于律己宽于责人为君子之德。故君子不责人以死，因为知恶死为人之常情，设身处地，也未敢自信必能慨然就义。"我亦人也，彼亦人也，我何胜于彼哉？"这样一想，心地就谦和一点，"何难以一死了之"的话头，也就不容易见于笔端了。其实将来大义所在真能以死了之的，还是这些不愿责人以死的人。世上有这样的奇事：言论愈狂放者，其持躬愈谨，治身愈严，而言论迂阔，好以小过责人，必欲人人如夷齐孔孟者，反是一般夸躁的轻狂子弟。遂其愿，不惜谀死佞生，不遂其愿，不惜丑辞诋毁者，也是这班道学小人。在文学史上，我们看见最放诞不羁的莫如金圣叹，名为圣叹，固圣人之所当叹矣。然能反对苛捐杂税，为民请命，到因哭庙就义大快而死的，还是金圣叹，并不是以"震惊先帝在天之灵"，陷金于死的卫道忠臣朱抚院。故世人或言过其行，或行过其言。若郑板桥欲为厉鬼击人之脑，此则一般吏宦所不敢出诸口见诸文者，但若谓一般吏宦之高风亮节在板桥之上，则吾决不敢信。余如眉公之焚儒冠儒服，子才之收女弟子，中郎之想要短命妾，东坡之以诗得谤，居易之挟妓饮酒，类皆有伤风败俗之行，放诞不经之谈，正士切齿，仁人寒心。其为文"言有觥而必吐，意无往而不伸"，因此或放逐岭外（东坡），或割喉狱中（卓吾），或逍遥山林（眉公），或致仕而卒（居易）。然察其大节细行，都不是常人所能及。一旦任政临民，都能为民父母，临去攀舆载道（中郎、子才），又绝非咿唔孔孟翼道先生所易得到的政声。所以察人之忠奸邪正，只可求之于风骨，不可求之于言辞，可求之于细行，不可求之于诗文。今日文人求一不关心民瘼者几不可得，求一不愿救国者亦不可得，然纸上谈兵，关心愈切而疮痍愈深，文调愈高而国愈不可救，总因文人言过其行，视文章如画符而已。且宽己责人，以谩骂为革命，以丑诋为豪杰，以成一种叫嚣之风，还都是欠反求诸己的一点修养工夫罢了。难道你骂我，我骂你，中国就真会兴起来吗？下焉者，且不惜化名投稿，散布谣言，一以扬己，一以攻人。我真不相信此风一成，中国文学遂会变成"革命的"、"革命底"以至"革命地的"了。故骂人也有君子小人之道。本来卓吾也骂人，轻狂子弟亦骂人，或者欲学卓吾，而实为轻狂。卓吾讥先哲，轻狂子弟亦讥先哲，然卓《藏书》攻君子之短，而不没小人之长。攻君子之短，轻狂子弟学得来，不没小人之长，轻狂子弟却万万学不来也。骂之道精微矣！徐芳《悬榻编》记"李卓吾让骂者"一节说："或曰：'卓老生平骂人，乃不许人骂，可谓恕乎？'愚山子曰：'有卓老眼者，骂卓老可也，世人之骂卓老者，皆卓老之所谓子何人斯者也。'"此种流风所至，其弊在轻薄，救之道，在恕。

（六）烂调连篇，辞浮于理——文人通病，在于空，在于懒，空懒而又不肯舍笔从商，遂不能不撮拾陈言，完成篇章。且文章如时装，文人求入时。文之不能不变，犹时装之不能不改。"五四"时代有"五四"时代之文，普罗时代有普罗时代之文，美丑虽不同，风行却是一样的。新潮之文勇往迈进，创造之文激越感伤，语丝之文清新委婉，普罗之文诘屈欧化。青年在中学时期读其刊物，而文笔不期然而然受其同化，按响传声，观场逐队，所不能免。然各种体调，虽有本源，一旦风行，遂成滥调。今日文坛正承普罗文学绝盛时代之余波末流。今日写作之人，许多五六年前在中学念书时代，故此种烂调，一时不易洗尽。通篇文句，仿效西洋，无一句像中国话，名为前进摩登，实则食洋不化。如"玻璃打破"曰"玻璃被打破"，仿英文之受动语气；"竞争市场"曰"竞争着市场"，仿英文之分词体例；"革命的"曰"革命底的"，仿英文之状词语尾；"人"曰"人们"，仿英文之单复分别。甚而狗屁不通，"听爸爸的话"曰"接收父亲的意见"，"作者书商"曰"从事书工作的人"。呜呼，其可以已矣乎？至于行文，同为记游，叙事写景之余，加两句"时代不景气的轮齿已经迈进到农村了"即为前进意识。同为谈古书，鉴别版本之余，加两句"他们的思想为他们的生活的所决定，这种士大夫阶级的艺术必然无疑底的要没落而不能保全它的存在了"，便是革命情调。想文学革命，本为推翻陈言，陈言烂调，新旧无别。陈言不去，何能见清新平淡的白话文？故必如小修所云"黜虚文，求实用，舍皮毛，见神骨，去浮理，揣人情"。然后文字可以复归于雅驯。此种流风所至，其弊在滥，救之之道，在清新。

（七）桃李门墙，丫头醋劲——文人之分门别户与政客之植党营私相同。惟党派在政治为必然之组织，门户之见，在文学必昧一时之是非。门户一成，惟有汝我，没有是非，党同伐异，互相攻讦，揪作一团，打给武人看开心。甚至为私人豢养，拿枝笔杆，换碗米汤，虽然笔下仪态万千，中夜问心，能无自愧？即使非为拿津贴，亦常走入利害之见。利害之心重，则是非之心昧。求其刚正不阿，狷介自持，就事论事，见理明心者，就真不容易了。我们何贵乎文学，也不过借文字之发表，可以斩除枝蔓的思想，使理日益明而见日益真罢了。一开门户之见，公论遂成为私人之武器，批评成为意气之发泄。理论愈高阔，是非愈混淆，真是无补于事，仅可以"覆瓿"而已。人生本多孽障，文人何苦多增一层烦网，多添一重公案？况且门户必有领袖，领袖必有幕僚，幕僚必有喽罗，喽罗又必有小喽罗，沦至于此，真不若不识之无为干净了。此种流风所至，其弊在婢，救之之道，在自我。

（八）破落富户，数伪家珍——不肖子弟，内不能兴旧业，外不能振家声，日数伪家珍以炫人，为识者所笑。世事物极必反，有食洋不化之洋场孽少，也必有自欺欺人之迂腐故老，以变法为亡国，以改进为灭种。对近代既无认识，对古代尤无真知，只要以复古尊孔博关心风化维持道德之美名。其实彼辈所关心的都是他人的风化，所维持的也是他人的道德。别墅十万元，而大夸中国民族俭仆之风；娇妾三十余，而独悲摩登女子荡检之行；洋装少年以硝镪水射女子华服，自认为提倡孔教；国家大吏逐再嫁寡妇出境，自认为纠正末俗。甚而不分青红皂白，禁止男女同座，提供小学读经，推类至尽，非把女子重复裹足不可。礼教果必如此始得维持，则礼教之灭亡可必。如此尊孔复古，则古愈复愈不得青年信仰。也不想想，中国人因孔教而知礼义忠信，而西人本无礼教，何以也知礼义忠信，且其礼义忠信，常远在华人之上？也不问问，何以礼义之邦贪官污吏多于夷狄之国？又何以二千年谈礼谈义谈忠谈信之结果，人命犹如草芥，百姓犹在水深火热之中，有明以至现在贪官污吏，擢发难数，到今各地司法保安行政，犹有万万不可令外人知道之野蛮状态？若曰欧风东渐人心大变，岂是工部局西人传染与我市政府此贪污之恶习？还是邮局海关西洋职员秘传贿赂之新方？还是故宫宝物的大员，习了西洋博物院学，始得盗宝的秘诀？岂非原因在吾国向无法治，能知礼义忠信之廉吏，固然知道歌颂，而不礼不义不忠不信之官僚，则无法枪毙，犹得逍遥法外，事成可以扶摇直上，事败可以退居华屋，翻印佛经，或周游列国，考察教育？故舍法治而言礼义忠信，冀以激贪官之道义，而发盗宝者之天良，而谓从此政府可以廉洁，国家可以富强，我真不信。言论人权不与保障，则人各自危，明哲保身，积此明哲保身人为自战的国民为一国，则暮气沉沉如一盘散沙，而谓以"国家兴亡匹夫有责"两句老话，便能叫人化消极为积极，变中国人民如一盘散沙之现象，吾尤不信。一种社会，能斩决反对私刑反对苛捐之金圣叹而籍没其妻子，则此种社会断不能多产金圣叹，而其分子必皆韬晦自适莫谈国事，此理何待细辩？然则不谈法治，只谈仁义礼智，谓足使中国人民由散漫变为团结足以兴国，岂非如痴人说梦？实则取此态度者，都是自欺欺人，讳疾忌医而已。此种狂论，其弊在愚，救之之道，在多识。

（《人间世》第 29 期，1935 年 6 月 5 日）

无字的批评

Mendelsohn 有"无辞之歌",安徒生的"无画绘帖",还有好些题目,如"没有听众的演讲","没有收信人之函牍",都可做得十分出色,可惜没人做过。这还不在话下,只说庄子也有所谓"不言之辩"句,含有大道理在焉。这"不言之辩",也就近乎"无字的批评"意思。

庄子的意思是说,世上道理讲不清,彼亦一是非,此亦一是非,越讲越支离破碎,于是报屁股上吵闹愈凶,双方投稿愈起劲,则问题愈不明白。所以说道可道,非道也。故有所谓不言之辩,让人去自家体会。所谓"体会",也不过说平常读者胸中自有一点是非,也有见道之本领,常人虽没有什么高深的理论、逻辑之训练,青红皂白却是懂得。所以这个体会两字,也不必说得像佛家"悟禅",或如陆九渊"悟道"那样神秘。

在逻辑上之意义,所谓道可道非道也,也有很深的学理。

因为道是浑浑噩噩的一片，经学者一分析，遂变成甲乙丙丁之各片面，而失其整个性，甲乙之下又各有一二三，道由是更加割裂破碎而失了本来面目。因为这一离开，狡者遂便于掩饰而成所谓饰词强辩，由是道越辩越吃亏。譬如日本侵东三省，欲为之强辩，也可以做成一篇很好的辩论文，由历史上、经济上、现实上，说明日本不得不占据沈阳、锦州之理由。纽约有著名的"外交研究会"，曾为此问题开会，会中就有某国际法律专家引经据典发挥一场，结论为"日本之占据沈阳并不违背国际公法"。从这一点，我们可以了悟辩之无益及分析的理论之靠不住了。那时我碰巧在座，所以在发言时，也不与辩，只说两句话："依国际公法，日本占据沈阳是合法的，这业已经专家证明，料想不会错了。不过我向来很不敢相信律师。"意思是，若我们不用学者分析的理论，只用常人茶楼上评时事的说法，就用不着理论。日本占据沈阳是欺负人家，是想霸占人家，很清楚了，所以说道是浑浑噩噩的一片，而分析的理论常靠不住。这是庄子"不言之辩"的深义。

中国人向来不重逻辑，也就是这个缘故，凡事只凭直观。因为直观是整个的，非分析的，所以反而容易见出事理之是非，及道本来的面目。女人是没有理论而只有直观的，然而临了事急，我还是相信女人当机立断的主张，不相信男人。因为直观不离现实，整个局势全在把握。男人的主张虽有甲乙丙丁的理由，然而说甲时已忘了乙，说乙时又忘了丙，甲乙丙都可互相矛盾，而且心中已有主见，要列出甲乙丙以自慰并不难。秀才造反，三年不成，就是这个缘故。历朝建朝帝王，如朱元璋，如刘邦，都是市井无赖，因为无赖未读过书，只有直觉，而对付现实之本能反强于书生。只顾不管三七二十一，无赖干去，遂干出一帝王万世事业来。中国人知道理论靠不住，所以用"情"字来调和，不但言理，且兼言情。入情入理，则凡事不错。这是中国人思想原则之特征。

这且不在话下。庄子说"不言之辩"，现代人偏偏好辩。杂志及报屁股，专以骂人逢迎读者。据说批评很难，西方学者都这样说，然而今人都以为批评很容易。其所以难，就因为同是一个人，评人之短，未必即露出自己之长。而且批评者，既同是一个人，读者自要批评他一下，而自身就成了被批评之对象，不过对方未必答辩。多半读者，亦不为文辩之，只对某批评家得了一种印象，静默。这静默就叫做"无字的批评"。譬如有人在街上愤愤地说："他妈的！放他的小驴大臭屁！他为什么骂人？"旁人就对他用了"无字的批评"。

又如有人站在台上说现今教员这国语甚坏。倘自己用的是教员的国语，大家惟有静默，这种静默中也就含有"无字的批评"。可惜不曾有人发现以非国语批评他人国语之妙法。否则倒是十分安稳。故以声辩声，不如以无声辩声。以言辩言，不如以无言辩言。

又有骂人不革命，消沉，住租界。读者心中总以为你自己为何不在江西打仗？这也是无声无臭无字的批评。

凡批评的文章，自身都脱不出文章的范围。那篇文章仍然免不了有眼光、见解、理论、气量、格调、动机，等等。

眼光有高低，见解有深浅，理论有疏密，气量有宽狭，格调有雅俗，动机有诚伪。倘若那篇的眼光是卑下，见解是浅薄，理论是空泛，气量是偏狭，格调是浮躁，动机是鄙恶，就给人家一种印象，而受无字的批评。

可惜世人智慧去母猪不远，每不将自己算进去。以小品文表示"我憎小品文"，就屡见不鲜。然而诚如庄子所云，彼亦一是非，此亦一是非。自身既落了一个是非，又同是一个人，越揪打，本性越见，偏狭、浮躁、卑下、浅薄、鄙恶、滑头越暴露。即使满纸之乎也者，仁义廉耻，主义立场，世道士风，皆无用也。因为这些文章已受读者无字的批评。

尤有可惧者：倘若批评一错，认璞作石，指鹿为马，虽然无人与之辩，总留下一个痕迹。后人只消说某人认璞作石，某人认鱼目为珠，两三句话就可下定某人之批评。比如以近人为例，吴雨僧在民国廿二年反对白话，戴传贤在民国廿三年信佛。这无言之辩已是可怕。

（《人间世》第 10 期，1934 年 8 月 20 日）

|吾行吾素|

论幽默

One excellent test of the civilization of a country I take to be the flourishing of the comic idea and comedy; and the test of true comedy is that it shall awaken thoughtful laughter.

——George Meredith: *Essay On Comedy*

我想一国文化的极好的衡量，是看他喜剧及俳调之发达，而真正的喜剧的标准，是看他能否引起含蓄思想的笑。

——麦烈蒂斯《喜剧论》

上篇

幽默本是人生之一部分，所以一国的文化到了相当程度，必有幽默的文学出现。人之智慧已启，对付各种问题之外，倘有余力，从容出之，遂有幽默——或者一旦聪明起来，对人之智慧本身发生疑惑，处处发见人类的愚笨、矛盾、偏执、自大，幽默也就跟着出现。如波斯之天文学家诗人荷麦卡奄姆，便是这一类的。"三百篇"中唐风之无名作者，在他或她感觉人生之空泛而唱"子有车马，弗驰弗驱，宛其死矣，他人是愉"之时，也已露出幽默的态度了。因为幽默只是一种从容不迫达观态度，郑风"子不我思，岂无他人"的女子，也含有幽默的意味。到第一等头脑如庄生出现，遂有纵横议论捭阖人世之幽默思想及幽默文章，所以庄生可称为中国之幽默始祖。太史公称庄生滑稽，便是此意，或索性追源于老子，也无不可。战国之纵横家如鬼谷子淳于髡之流，也具有滑稽雄辩之才。这时中国之文化及精神生活，确乎是精力饱满，放出异彩，九流百家，相继而起，如满庭春色，奇花异卉，各不相模，而能自出奇态以争妍。人之智慧，在这种自由空气之中，各抒性灵，发扬光大。人之思想也各走各的路，格物穷理，各逞其奇。奇则变，变则通，故毫无酸腐气象。在这种空气之中，自然有谨愿与超脱二派，杀身成仁，临危不惧，如墨翟之徒，或是儒冠儒服，一味做官，如孔丘之徒，这是谨愿派。拔一毛以救天下而不为，如杨朱之徒，或是敝屣仁义，绝圣弃智，看穿一切如老庄之徒，这是超脱派。有了超脱派，幽默自然出现了。超脱派的言论是放肆的，笔锋是犀利的，文章是远大渊放不顾细谨的。孜孜为利及孜孜为义的人，在超脱派看来，只觉得好笑而已。儒家斤斤拘执棺椁之厚薄尺寸，守丧之期限年月，当不起庄生的一声狂笑。于是儒与道在中国思想史上成了两大势力，代表道学派与幽默派。后来因为儒家有"尊王"之说，为帝王所利用，或者儒者与君王互相利用，压迫思想，而造成一统局面，天下腐儒遂出。然而幽默到底是一种人生观，一种对人生的批评，不能因君王道统之压迫，遂归消灭。而且道家思想之泉源浩大，老庄文章气魄，足使其效力历世不能磨灭，所以中古以后的思想，表面上似是独尊儒家道统，实际上是儒道分治的。中国人得势时都信儒教，不遇时都信道教，各自悠游林下，寄托山水，怡养性情去了。中国文学，除了御用的廊庙文学，都是得力于幽默派的道家思想。廊庙文学，都是假文学。就是经世之学，狭义言之，也算不得文学。所以真有性灵的文学，入人最深之吟咏诗文，都是归返自然，属于幽默派、超脱派、道家派的。中国若没有道家文学，中国若果真只有不幽默的儒家道统，中国诗文不知要枯燥到如何，中国人之心灵，不知要苦闷到如何。

老子庄生，固然超脱，若庄生观鱼之乐，蝴蝶之梦，说剑之喻，蛙鳖之语，也就够幽默了。老子教训孔子的一顿话："子所言者，其人与骨皆已朽矣，独其言在耳。吾闻之，良贾深藏若虚，君子盛德，容貌若愚。夫子之骄气与多欲，态色与淫志，若是而已。"无论是否战国时人所伪托，司马迁所误传，其一股酸溜溜气味，令人难受。我们读老庄之文，想见其为人，总感其酸辣有余，温润不足。论其远大遥深，睥睨一世，确乎是真正 comic spirit（说见下）的表现。然而老子多苦笑，庄生多狂笑，老子的笑声是尖锐的，庄生的笑声是豪放的。大概超脱派容易流于愤世嫉俗的厌世主义，到了愤与嫉，就失了幽默温厚之旨。屈原贾谊，很少幽默，就是此理。因谓幽默是温厚的，超脱而同时加入悲天悯人之念，就是西洋之所谓幽默，机警犀利之讽刺，西文谓"郁剔"（wit）。反是孔子个人温而厉，恭而安，无适，无必，无可无不可，近于真正幽默态度。孔子之幽默及儒者之不幽默，乃一最明显的事实。我所取于孔子，倒不是他的踧踖如也，而是他燕居时之怡怡如也。腐儒所取的是他的踧踖如也，而不是他的怡怡如也。我所爱的是失败时幽默的孔子，是不愿做匏瓜系而不食的孔子，不是成功时年少气盛杀少正卯的孔子。腐儒所爱的是杀少正卯之孔子，而不是吾与点也幽默自适之孔子。孔子既殁，孟子犹能诙谐百出，逾东家墙而搂其女子，是今时士大夫所不屑出于口的。齐人一妻一妾之喻，亦大有讽刺气味。然孟子亦近于郁剔，不近于幽默。理智多而情感少故也。其后儒者日趋酸腐，不足谈了。韩非以命世之才，作论难之篇，亦只是大学教授之幽默，不甚轻快自然，而幽默非轻快自然不可。东方朔枚皋之流，是中国式之滑稽始祖，又非幽默本色。正始以后，王何之学起，道家势力复兴，加以竹林七贤继出倡导，遂涤尽腐儒气味，而开了清谈之风。在这种空气中，道家心理深入人的性灵，周秦思想之紧张怒放，一变而为恬淡自适，如草木由盛夏之煊赫繁荣而入于初秋之豪迈深远了。其结果，乃养成晋末成熟的幽默之大诗人陶潜。陶潜的责子，是纯熟的幽默。陶潜的淡然自适，不同于庄生之狂放，也没有屈原的悲愤了。他的《归去来辞》与屈原之《卜居》《渔父》相比，同是孤芳自赏，但没有激越哀愤之音了。他与庄子，同是主张归返自然，但对于针砭世俗，没有庄子之尖利。

陶不肯为五斗米折腰,只见世人为五斗米折腰者之愚鲁可怜。庄生却骂干禄之人为豢养之牛待宰之犠。所以庄生的愤怒的狂笑,到了陶潜,只成温和的微笑。我所以言此,非所以抑庄而扬陶,只见出幽默有各种不同。议论纵横之幽默,以庄为最,诗化自适之幽默,以陶为始。大概庄子是阳性的幽默,陶潜是阴性的幽默,此发源于气质之不同。不过中国人未明幽默之义,认为幽默必是讽刺,故特标明闲适的幽默,以示其范围而已。

　　庄子以后,议论纵横之幽默,是不会继续发现的。有骨气有高放的思想,一直为帝王及道统之团结势力所压迫。二千年间,人人议论合于圣道,执笔之士,只在孔庙中翻筋斗,理学场中检牛毛。所谓放逸,不过如此,所谓高超,亦不过如此。稍有新颖议论,超凡见解,即诬为悖经叛道,辩言诡说,为朝士大夫所不齿,甚至以亡国责任,加于其上。范宁以王弼何晏之罪,近于桀纣,认为仁义幽沦,儒雅蒙尘,礼坏乐崩,中原倾覆,都应嫁罪于二子。王乐清谈,论者指为亡晋之兆。清谈尚不可,谁敢复说绝圣弃智的话?二千年间之朝士大夫,皆负经世大才,欲以佐王者,命诸侯,治万乘,聚税敛,即作文章抒悲愤,尚且不敢,何暇言讽刺?更何暇言幽默?朝士大夫,开口仁义,闭口忠孝,自欺欺人,相牵为伪,不许人揭穿。直到今日之武人通电,政客宣言,犹是一般道学面孔。祸国军阀,误国大夫,读其宣言,几乎人人要驾汤武而媲尧舜。暴敛官僚,贩毒武夫,闻其演说,亦几乎欲愧周孔而羞荀孟。至于妻妾泣中庭,施施从外来,孟子所讥何人,彼且不识,又何暇学孟子之幽默?

　　然幽默究竟为人生之一部分。人之哭笑,每不知其所以,非能因朝士大夫之排斥,而遂归灭亡。议论纵横之幽默,既不可见,而闲适怡情之幽默,却不绝的见于诗文,至于文人偶尔戏作的滑稽文章,如韩愈之送穷文,李渔之逐猫文,都不过游戏文字而已。真正的幽默,学士大夫,已经是写不来了。只有在性灵派文人的著作中,不时可发见很幽默的议论文,如定益之论私,中郎之论痴,子才之论色等。但是正统文学之外,学士大夫所目为齐东野语稗官小说的文学,却无时无刻不有幽默之成分。宋之平话,元之戏曲,明之传奇,清之小说,何处没有幽默? 若《水浒》之李逵,鲁智深,写得使你时而或哭或笑,亦哭亦笑,时而哭不得笑不得,远超乎讽谏褒贬之外,而达乎幽默同情境地。《西游记》之孙行者,猪八戒,确乎使我们于喜笑之外,感觉一种热烈之同情,亦是幽默本色。《儒林外史》几乎篇篇是摹绘世故人情,幽默之外,杂以讽刺。《镜花缘》之写女子,写君子国,《老残游记》之写玙姑,也有不少启人智慧的议论文章,为正统文学中所不易得的。中国真正幽默文学,应当由戏曲传奇小说小调中去找,犹如中国最好的诗文,亦当由戏曲传奇小说小调中去找。

中篇

　　因为正统文学不容幽默,所以中国人对于幽默之本质及其作用没有了解。常人对于幽默滑稽,总是取鄙夷态度,道学先生甚至取嫉忌或恐惧态度,以为幽默之风一行,生活必

失其严肃而道统必为诡辩所倾覆了。这正如道学先生视女子
为危险品，而对于性在人生之用处没有了解，或是如彼辈视
小说为稗官小说，而对于想象文学也没有了解。其实幽默为
人生之一部分，我已屡言之，道学家能将幽默屏弃于他们的
碑铭墓志奏表之外，却不能将幽默屏弃于人生之外。人生是
永远充满幽默的，犹如人生是永远充满悲惨、性欲与想象的。
即使是在儒者之生活中，做出文章尽管道学，与熟友闲谈时，
何尝不是常有俳谑言笑？所差的，不过在文章上，少了幽默
之滋润而已。试将朱熹所著《名臣言行录》一翻，便可见文
人所不敢笔之于书，却时时出之于口而极富幽默味道。试举
一二事为例：

　　（赵普条）太祖欲使符彦卿典兵，韩王屡谏，以为
彦卿名位已盛，不可复委以兵柄。上不听，宣已出。韩
王复怀之请见。上曰，卿苦疑彦虚何也？朕待彦卿至厚，
彦卿能负朕耶？王曰，陛下何以能负周世宗？上默然，
遂中止。

此是洞达人情之上乘幽默。

　　昭宪太后聪明有智度，尝与太祖参决大政。及疾笃，
太祖侍药饵，不离左右。太后曰，汝知所以得天下乎？
上曰，此皆祖考与太后之余庆也。太后笑曰：不然，正
系柴氏使幼儿主天下耳。

太祖所言，全是道学话，粉饰话。太后却能将太祖建朝之功抹杀，而谓系柴氏主幼不幸所造成。这话及这种见解，正像萧伯纳令拿破仑自述某役之大捷，全系其马偶然寻到摆渡之功，岂非揭穿真相之上乘幽默？

关于幽默之解释，有哲学家亚里斯多德、伯拉图、康德、哈勃斯（Hobbes）、伯克森、弗劳特诸人之分析。伯克森所论，不得要领，弗劳特太专门。我所最喜爱的，还是英小说家麦烈蒂斯在剧论中的一篇讨论。他描写俳调之神一段，极难翻译，兹勉强粗略译出如下：

假使你相信文化是基于明理，你就在静观人类之时，窥见在上有一种神灵，耿耿的鉴察一切……他有圣贤的头额，嘴唇从容不紧不松的半开着，两个唇边，藏着林神的谐谑。那像弓形的称心享乐的微笑，在古时是林神响亮的狂笑，扑地叫眉毛倒竖起来。那个笑声会再来的，但是这回已属于莞尔微笑一类的，是和缓恰当的，所表示的是心灵的光辉与智慧的丰富，而不是胡卢笑闹。常时的态度，是一种闲逸的观察，好像饱观一场，等着择肥而噬，而心里却不着急。人类之将来，不是他所注意的；他所注意的是人类目前之老实与形样之整齐。无论何时人类失了体态，夸张，矫揉，自大，放诞，虚伪，炫饰，纤弱过甚；无论何时何地他看见人类懵懂自欺。淫侈奢欲，崇拜偶像，作出荒谬事情，眼光如豆的经营，如痴如狂的计较，无论何时人类言行不符，或倨傲不逊，屈人扬己，

或执迷不悟，强词夺理，或夜郎自大猩猩作态，无论是
个人或是团体；这在上之神就出温柔的谑意，斜觑他们，
跟着是一阵如明珠落玉盘的笑声。这就是俳调之神（The
comic spirit）。

这种的笑声是和缓温柔的，是出于心灵的妙悟。讪笑
嘲谑，是自私，而幽默却是同情的，所以幽默与谩骂不同。
因为谩骂自身就欠理智的妙悟，对自身就没有反省的能力。
幽默的情境是深远超脱，所以不会怒，只会笑。而且幽默
是基于明理，基于道理之渗透。麦烈蒂斯说得好，能见到
这俳调之神，使人有同情共感之乐。谩骂者，其情急，其
辞烈，惟恐旁观者之不与同情。幽默家知道世上明理的人
自然会与之同感，所以用不着热烈的谩骂讽刺，多伤气力，
所以也不急急打倒对方。因为你所笑的是对方的愚鲁，只
消指出其愚鲁便罢。明理的人，总会站在你的一面。所以
是不知幽默的人，才需要谩骂。

麦烈蒂斯还有很好的关于幽默嘲讽的分辨。

"假使你能够在你所爱的人身上见出荒唐可笑的地方而
不因此减少你对他们的爱，就算是有俳调的鉴察力；假使你
能够想象爱你的人也看出你可笑的地方而承受这项的矫正，
这更显明你有这种鉴察力。"

"假使你看到这种可笑，而觉得有点冷酷，有伤忠厚，
你便是落了嘲讽（Satire）的圈套中。"

"但是设使你不拿起嘲讽的棍子，打得他翻滚叫喊出来，

却只是话中带刺的一半褒扬他，使他自己苦得不知人家是否在伤毁他，你便是用揶揄（Irony）的方法。"

"假使你只向他四方八面的奚落，把他推在地上翻滚，敲他一下，淌一点眼泪于他身上，而承认你就是同他一样，也就是同旁人一样，对他毫不客气的攻击，而于暴露之中，含有怜惜之意，你便是得了幽默（Humour）之精神。"

麦烈蒂斯所论幽默之本质已经很透辟了。我尚有补充几句，就是关于中国人对于幽默的误会。中国道统之势力真大，使一般人认为幽默是俏皮讽刺，因为即使说笑话之时，亦必关心世道，讽刺时事，然后可成为文章。其实幽默与讽刺极近，却不定以讽刺为目的。讽刺每趋于酸腐，去其酸辣，而达到冲淡心境，便成幽默。欲求幽默，必先有深远之心境，而带一点我佛慈悲之念头，然后文章火气不太盛，读者得淡然之味。幽默只是一位冷静超远的旁观者，常于笑中带泪，净中带笑。其文清淡自然，不似滑稽之炫奇斗胜，亦不似郁剔之出于机警巧辩。幽默的文章在婉约豪放之间得其自然，不加矫饰，使你于一段之中，指不出那一句使你发笑，只是读下去心灵启悟，胸怀舒适而已。其缘由乃因幽默是出于自然，机警是出于人工。幽默是客观的，机警是主观的。幽默是冲淡的，郁剔讽刺是尖利的。世事看穿，心有所喜悦，用轻快笔调写出，无所挂碍，不作烂调，不忸怩作道学丑态，不求士大夫之喜誉，不博庸人之欢心，自然幽默。

（《论语》第 33 期，1934 年 1 月 16 日）

下篇

　　幽默有广义与狭义之分，在西文用法，常包括一切使人发笑的文字，连鄙俗的笑话在内（西文所谓幽默刊物，大都是偏于粗鄙笑话的，若《笨拙》《生活》，格调并不怎样高。若法文 Sourire 英文 Ballyhoo 之类，简直有许多"不堪入目"的文字）。在狭义上，幽默是与郁剔、讥讽、揶揄区别的。这三四种风调，都含有笑的成分。不过笑本有苦笑、狂笑、淡笑、傻笑各种的不同，又笑之立意态度，也各有不同，有的是酸辣，有的是和缓，有的是鄙薄，有的是同情，有的是片语解愿，有的是基于整个人生观，有思想的寄托。最上乘的幽默，自然是表示"心灵的光辉与智慧的丰富"，如麦烈蒂斯氏所说，是属于"会心的微笑"一类的。各种风调之中，幽默最富于情感，但是幽默与其他风调同使人一笑，这笑的性质及幽默之技术是值得讨论的。

　　说幽默者每追源于亚里斯多德，以后伯拉图、康德之说皆与亚氏大体相符。这说就是周谷城先生（《论语》廿五期《论幽默》）所谓"预期的逆应"，就是在心情紧张之际，来一出人意外的下文，易其紧张为和缓，于是脑系得一快感，而发为笑，康德谓"笑是紧张的预期忽化归乌有时之情感"。无论郁剔及狭义的幽默，都是这样的。弗劳特在"郁剔与潜意识之关系"一书引一例甚好：

　　　　某穷人向其富友借二十五元。同日这位朋友遇见穷人在饭店吃一盘很贵的奶浆沙罗门鱼。朋友就上前责备他说："你刚来跟我借钱，就跑来吃奶浆沙罗门鱼。这是你借钱的意思吗？"穷人回答说："我不明白你的话。我没钱时不能吃奶浆沙罗门鱼，有钱时又不许吃奶浆沙罗门鱼。请问你，我何时才可以吃奶浆沙罗门鱼？"

那富友的发问是紧张之际，我们同那穷人同情，以为他必受窘了，到了听穷人的答语，这紧张的局面遂变为轻松了。这是笑在神经作用上之解说。同时另有一说，也是与此说相符的，就是说，我们发笑时，总是看见旁人受窘或遇见不幸，或做出粗笨的事来，使我们觉得高他一等，所以笑。看人跌倒，自己却立稳，于是笑了，看人栖栖皇皇热中名利，而自己却清闲超逸，于是也笑了。但是假如同作京官而看同级的人擢升高位，便只有眼红，而不会发笑；或者看他人被屋压倒而祸将及身，也只有惊惶，不会发笑。所以笑之发源，是看见生活上之某种失态而于己身无损，神经上得一种快感。常人每好读骂人的文章，就是这样道理。或是自述过去受窘的经过，旁人未有不发笑。然在被笑者，常是不快的，所以有所谓老羞成怒之变态。幽默愈泛指世人的，愈得各方之同情，因为在听者各以为未必是指他个人，或者果指他一阶级，他也未必就是这阶级中应被指摘之分子。例如《论语》骂京官，京官读了仍旧可以发笑，或者骂大学教授，"温故"讲义而四处"支薪"，大学教授也可以受之无愧，因不十分迫近本身也。所以两方争辩，愈涉及个人，如汪精卫与吴稚晖之对骂，愈不幽默，而易渗入酸辣成分；反之，愈是空泛的，笼统的社会讽刺及人生讽刺，其情调自然愈深远，而愈近于幽默本色。

在这由紧张达到和缓的转变，其中每有出人意外（即"逆应"）的成分。其陡转的工夫，或由于字义之双关（此系最皮毛之幽默，但也有双关得机警自然，实在佳妙的），有的是出于无赖态度（如上举穷人一例），有的是由于笑话中人的冥顽，有的是由于参透道理，看穿人情。大概此种陡转，出于慧心，如公孙大娘舞剑，如天外飞来峰，没有一定的套板。善诙谐者，自出机智。如（Lloyd George）一次在演讲，有女权运动家起立说，"你若是我的丈夫，我必定给你服毒。"演讲者对口应曰："我若是你的丈夫，我定把毒吃下。"这种地方，只在人随机应变。无盐见齐宣王愿备后宫，实在有点无赖，也是一种幽默。然无赖，或胡闹，易讨人厌。好的幽默，都是属于合情合理，其出人意外，在于言人所不敢言。世人好说合礼的假话，因循不以为怪，至一人阐发真理，将老实话说出，遂使全堂哗笑。这在弗劳特解释起来，是由于吾人神经每受压迫抑制（inhibition），一旦将此压迫取消，如马脱羁，自然心灵轻松美快，而发为笑声。因此幽默每易涉及猥亵，就是因为猥亵之谈有此放松抑制之作用。在相当环境，此种猥亵之谈是好的，宜于精神健康。据我经验，大学教授老成学者聚首谈心，未有不谈及性的经验的，所谓猥亵非礼，纯是社会上之风俗问题，在某处可谈，在某处不可谈。英国中等阶级社交上言辞之束缚，每比贵族阶级更甚。大概上等社会及下等社会都很自由的，只有读书的中等阶级最受限制。又法国所许的，在英国或者不许，英国所许的，中国人或者不许。时代也不同，英国十七世纪就有许多字面令人所不敢用的，莎士比亚时代也是如此，但现代人之心灵不定比莎士比亚时人清洁，性之运用反益加微妙了。在中国，如淳于髡答齐威王谓臣饮一斗亦醉一石亦醉，威王问他既然一斗而醉，何以能饮一石，淳于髡谓在皇上侍侧一二斗便醉；若有男女杂坐，握手无罚，目眙不禁，前有堕珥，后有遗簪，可八斗而醉；及"日暮酒阑，合尊促坐，男女同席，履舄交错，杯盘狼藉，堂上烛灭，主人留髡而送客，罗襦襟解，微闻芗泽，当此之时，髡乐甚，可饮一石"。这段虽然不能算为猥亵，但可表示所谓取消神经抑制，及幽默滑稽每易流于猥亵之理。张敞为妻画眉，上诘之，答曰夫妇之间，岂但画眉而已，亦可表示幽默。使人发笑，常在撇开禁忌，说两句合情合理之话而已。

　　这种说近情话的滑稽，有数例为证。德国名人 Keyserling 编著《婚姻书》邀请各国名家撰论，并请萧伯纳作一文关于婚姻的意见。萧伯纳回信说，"凡人在其太太未死时，没有能老实说他关于婚姻的意见的。"一语破的，比书中长篇大论精彩深长，Keyserling 即将该句列入序文中。相传有人问道家长生之术，道士谓节欲无为，餐风宿露，戒绝珍肴，不近女人，可享千寿。其人曰，如此则千寿复有何益，不如夭折，亦是一句近情的话。西洋有一相类故事，谓某塾师好饮，饮必醉，因此没有生徒，潦倒困顿。有人好意规劝他说："你的学问很好，只要你肯戒饮，一定可以收到许多生徒。你想对不对？"

那塾师回答道："我所以收生徒教书者，就是为要饮酒。不饮酒，我又何必收生徒呢？"

以上所举的例，可以阐明发笑之性质与来源，是都属于机智的答辩，是归于郁剔滑稽一门的。在成篇的幽默文字，又不同了，虽然他使人发笑的原理相同。幽默小品，并非此种警句所合成的，不可强作，亦非能强作得来。现代西洋幽默小品极多，几乎每种普通杂志，要登一二篇幽默小品文。这种小品文，文字极清淡的，正如闲谈一样，有的专用土白俚语作评，求其淡入人心，如 will Rogers 一派，有的与普通论文无别，或者专素描，如 Stephen Leacock，或者是长议论，谈人生，如 G.K.Chesterton 或者是专宣传主义如萧伯纳。太半笔调皆极轻快，以清新自然为主。其所以别于中国之游戏文字，就是幽默并非一味荒唐，既没有道学气味，也没有小丑气味。是庄谐并出，自自然然畅谈社会与人生，读之不觉其矫揉造作，故亦不厌。或且在正经处，比通常论文更正经，因其较少束缚，喜怒哀乐皆出之真情。总之西洋幽默文大体上就是小品文别出的一格。凡写此种幽默小品的人，于清淡之笔调之外，必先有独特之见解及人生之观察。因为幽默只是一种态度，一种人生观，在写惯幽默文的人，只成了一种格调，无论何种题目，有相当的心境，都可以落笔成趣了。这也是一句极平常的话，犹如说学诗，最要是登临山水，体会人情，培养性灵，而不是仅学押平仄，讲蜂腰鹤膝等末技的问题。

因此我们知道，是有相当的人生观，参透道理，说话近情的人，才会写出幽默作品。无论那一国的文化、生活、文学、思想，是用得着近情的幽默的滋润的。没有幽默滋润的国民，其文化必日趋虚伪，生活必日趋欺诈，思想必日趋迂腐，文学必日趋干枯，而人的心灵必日趋顽固。其结果必有天下相率而为伪的生活与文章，也必多表面上激昂慷慨，内心上老朽霉腐，五分热诚，半世麻木，喜怒无常，多愁善病，神经过敏，歇斯的利，夸大狂，忧郁狂等心理变态。《论语》若能叫武人政客少打欺伪的通电宣言，为功就不小了。

（《论语》第 35 期，1934 年 2 月 16 日）

论中西画

文章无波澜，如女人无曲线。

天下生物都是曲的，死物都是直的。自然界好曲，如烟霞，如云锦，如透墙花枝，如大川回澜；人造物好直，如马路，如洋楼，如火车铁轨，如工厂房屋。物用惟求其直，美术则在善用其曲。中国美术建筑之优点，在懂得仿效自然界的曲线，如园林湖石，如通幽曲径，如画檐，如板桥，皆能尽曲折之妙，以近自然为止境。

中国艺术的冲动，发源于山水；西洋艺术的冲动，发源于女人。

西人知人体曲线之美，而不知自然曲线之美。中国人知自然曲线之美，而不知人体曲线之美。

中国人画春景，是画一只鹧鸪。西人画春景，是画一裸体女人被一个半羊半人之神追着。

西人想到"胜利""自由""和平""公理"就想到一

裸体女人的影子。为什么胜利、自由、和平、公理之神一定是女人，而不会是男人？中国人永远不懂。

中国人喜欢画一块奇石，挂在壁上，终日欣赏其所代表之山川自然的曲线。西人亦永远不懂。西人问中国人，你们画山，为什么专画皱纹，如画老婆的脸一样？

中国人在女人身上看出柳腰、莲瓣、秋波、娥眉。西人在四时野景中看出一个沐浴的女人。

为什么学画必画女人，画女人必须叫女人脱裤，我始终不懂。

裸体画皆淫画，其赏美之根据系性欲。西洋艺术家坦然承认之，中国之西洋画师却不敢承认，名之曰"审美"，曰"鉴赏标准美"。

现在社会系男子的社会，故好画裸体女人。女子的社会必好画裸体男子，亦必美其名曰"鉴赏标准美"。

雄狗会画，亦必认雌狗的大腿为标准美的极峰。雌狗画雄狗亦然。

西人女装所以表扬身体美，中国人女装所以表扬杨柳美。

女人西装表扬身体美者之美，同时亦暴露身体丑者之丑，使年老胖妇无所逃乎天地之间。

西人将花树剪裁，成三角圆锥子等形。或将花草植成字母，排成阵伍。这是中国人向来不会做出来的傻事，但今日愚园路寓公竟亦有效之者。

摩登式家具（电灯装饰等）及摩登洋灰房屋，主用直线，是代表工业时代之精神。上海大光明影戏院看来似欲效工厂之建筑。

上海大洋楼，皆忘记盖一屋顶。

西洋人好造灯塔，中国人亦有俗人仿造灯塔为西湖博览会纪念碑。常看之眼会生疗疮。

今日习西学的美术家建筑师皆俗人。

凡尔赛故宫为世界最难看之宫苑，因一切树木皆作对仗排阵伍故也。中山陵之树木，亦已皆作对仗排阵伍。

上海有几万个中国富翁，却只有一二座中国式的园宅。此上海所以为中国最丑陋最铜臭最俗不可耐之城。

中国美术系 Apollonian Art 与西欧美术系 Dionysian Art 之别，前者主幽静、婉约、清和、闲适，后者主刚毅、深邃、情感、淫放。中国美术，技术系主观的（如文人画，醉笔），目标却在神化，以人得天为止境；西洋美术，技术系客观的（如照相式之肖像），目标却系自我，以人制天为止境。

西洋近代画最受东方画影响，注意笔致、气韵，然除少数人，如 Cezanne 外，尚未学得用笔。

仿画希腊罗马石膏像，在西方进步的美术学校此调久已不弹，然在吾国美术学校正在盛行。

德国学校有购买有正书局翻印古画为学生图画蓝本者。中国学校则不然。

中国人之西洋画，如中国人用猪油做的西洋点心，一样令人无法消受。

附　跋徐讦《中西艺术论》

徐君所言，自是一种看法、一种说法。然予诚不敢苟同。以中国艺术为分析的，西洋艺术为整合的，予以为不然。若一枝梅花，一句佳诗，小巧玲珑，意在疏朗，以一部攫住全部精英，使人神会，无所用于全部之描写也。况风水之学正系发源于全片景物的艺术鉴赏，或为五虎朝天，或为苍龙吸水，皆顾到全部之鉴赏处。若书法之重间架行列，画法之重经营位置，皆超乎骨法用笔应物类形局部问题。艺术之事，要在有中若无，无中若有，虚中见实，实中见虚，何所取乎全部之描写？故所谓分析的。恐只是注重潇洒空灵之意耳。至于所谓"中国艺术重要在于从自然中取来属于自己，把自己的能力与欲望放进去"，正是中国艺术强处。如予所谓中国美术，技术系主观的（如文人画，醉笔），目标却在神化，以人得天为止境；西洋美术，技术系客观的（如照相式的肖像），目标却系自我，以人制天为止境。艺术而不表现吾人之欲望，不以吾之欲望神化之，有何意味？良辰美景自是良辰景，若不加三字"奈何天"，则缺乏诗意。盖人不加以唏嘘惋叹则辰不良而景不美也。世上岂有辰自良而景自美乎？

谈言论自由

一 论人与兽之不同

今天所演讲的是言论自由，所以鄙人也想在此地自由言论。诸位知道这是不可能的事。凡一人声明要言论自由畅所欲言时，旁人必捏一把冷汗。假使那人果然将他心里的感想或是对亲友邻舍的意见和盘托出，必为社会所不容。社会之存在，都是靠多少言论的虚饰、扯谎。我们所求的不过是有随时虚饰及说老实话的自由而已。

语言向来是人的专长，鸟兽所知道的只有饥啼、痛吼等表示本能需要的号呼而已。如马鸣、牛嘶、虎啸都不出于这本能需要的范围。所以老虎吃人，只会狂吼。不会说："我吃你，是因为你危害民国。"这是人与兽之不同。所以何芸樵主席反对现代小学课本"鹅姊姊说，狗弟弟说"这种文字，鄙人十分同情。《伊索寓言》一书，专门替鸟兽造错，谤毁兽类与人类一样的奸诈。假定鸟兽能读这种故事，他们也不会懂得。比方狐狸看见树上葡萄吃不着，只有走开，决不会无聊地骂酸葡萄。惟有人类才有这样的聪明。因为鸟兽没有语言，所以也没有名，遂也没有正名哲学。因此，假定狐狸要强迫农民种鸦片，也必不会正勒种鸦片捐之名为"懒捐"。如果会，这狐狸便不老实了。

二　论喊痛的自由

我们须知，人类虽有其语言，却比禽兽不自由的多。萧伯纳过沪时说，唯一有价值的自由，是受压迫者喊痛之自然，及改造压迫环境之自由。我们所需要的，正是喊痛的自由，并非说话的自由。人类所说的话真不少，却很少能喊痛。因为人的语言已经过于纤巧曲折，所以少能直接了当表示我们本能的需要。这也是人与兽的一点不同。譬如猫叫春是非常自由，而很有魄力的。中国的百姓却不然。他痛时只会回家咒骂，而且怕人家听见。

有人以为做人只须说话，毋须喊痛，鄙意不然。又有人以为民生比民权重要，现在中国内地的百姓已经活不了，还谈到什么民权？其实不然，活不了时也得喊一声，才有鸟兽的身分，否则只有死之一路。这种喊痛的自由才是与我们的生活有关系的，比什么哲学理论都好。从前于右任先生等党国先进创办的《民吁》《民呼报》，意思就是为民喊痛。不过民吁民呼，总是悲痛不雅之音，不会悦耳，所以做官的人所愿听的不是民吁民呼，而是民赞民颂。

三　言论系讨厌的东西

中国向有名言道：病从口入，祸从口出。又谓知人秘事者不祥，又谓防民之口甚于防川。由此可以推知言论是讨厌的东西，岂容你自由？所以好言人是非者，人家必骂为狗："狗嘴吐不出象牙。"只有称赞颂扬人的，人人喜欢，奉为象。政府所喜欢的，也是守口如瓶的顺民，并非好喊痛的百姓。比如此刻有侦探在坐，必认为林某人讨厌，而认守口如瓶之诸位是比我好的国民。不过天生人有口，就是要发言论。若大家守口如瓶，结果必变成一个闷葫芦。

我们须知，言论自由是舶来思想，非真正国产。因为言论自由与守口如瓶莫谈国事的实训是不两立的。在中国的经书中及传说中，个人找不到言论自由说。惟有一条，稍微准许言论自由。这就是一句我国格言，叫做"笑骂由他笑骂，好官我自为之"。不过这与言论自由说稍微不同。因为骂不痛时，你可尽管笑骂，骂得痛时，"好官"会把你枪毙。

四　民之自由与官之自由

因为，言论是讨厌的东西。所以自己要说话而防别人说话，是人的天性。结果在德谟克拉西未实现的国，谁的巴掌大，谁便有言论自由，可把别人封嘴。所以中国说话自由的，只有官，因为中国的官巴掌比民的巴掌大。如"敬告中国民众"，提倡孔孟班禅，做国歌，发通电都是官说话的自由。我们愿意听也得听，不愿意听也得听。然而我们现在提倡的，是在法律范围之内，官民都有同等的自由，这就讨厌了。我们须明白，百姓自由，官便不自由，官自由，百姓便不自由。百姓言论可以自由，官僚便不能自由封闭报馆，百姓生命可以自由，官僚便不能自由逮捕扣留人民。所以民的自由与官的自由成正面的冲突。民权保障同盟提倡民权必为官僚所讨厌，而且民权保障愈认真，讨厌之程度愈大，这是大家必须彻底了悟的。诸位须彻底觉悟，爱自由是人类的通性，官民一律。假定我是官，我也必爱任意杀头的自由。从前吾乡张毅师长头痛或不乐时，就开一条子，由监狱中随便提出一二犯人枪毙，医他的头痛，这是多么痛快的事。现在张毅已死了，所以我报告此事，十分安全。

五　论魏忠贤所以胜利

话虽如此，百姓未免太苦了。所以我们必求民权保障。中国自来也有梗直敢言的书生，如东汉之清议及明末的东林党人。但是因为没有法律保障，所以不久便失败。东林党人虽然联名疏劾魏忠贤，魏忠贤只须在皇帝面前一哭，便可把东林党人罢免处置。中国的精神文明也只到此田地而已。忠直之士到底死于宦官之手，东汉如此，明末也如此，明末就有人比东林党人如宋朝宋江等一百〇八淮南盗贼。党人倒后，便有宦官党崔呈秀等起而代之，时人称为"五虎五彪十狗十孩儿四十孙儿"。然而，党人终于灭亡，而虎、彪、狗，孝子顺孙终于胜利了。因为中国向来没有人权的保障。

我们须知笔端舌端虽然一样可以杀人（口诛笔伐），总没有枪端厉害。在笔端与枪端交锋之时，定然是枪端胜利，而笔端受宰割。所谓人权保障，言论自由，就是叫笔端舌端可以不受枪端的干涉，也就是文人与武人之争。论理文人应该联合战线，要求笔锋舌锋自由的保障。然而事实上文人政客未必拥护言论自由，因为文人已经投降武人的麾下，自己

站在枪杆后面，对照的是枪头，并不是枪口，所以也不觉得
争言论自由重要了。这是历史上数见不鲜的事实。

六　论商女所以必唱《后庭花》的理由

中国今日的最大弱点，谁也知道是国民漠视国事，如一
盘散沙。须知这各人自扫门前雪的态度，并非国民的天性，
乃因不得人权保障，法律不能卫人，所以人人不得不守口如
瓶以自卫。中国青年谁没有一腔热血，注意政治时局。但是
到了廿五，三十年纪，人人学乖了，就少发议论，少发感慨。
四十者比三十者更乖。所以如此者，是从经验得来，并非其
固有的本性。假定今日有人权保障，国民必另有一番气象。
以历史为证，东汉太学生也都关心国事，尚气节，遇事直言，
到了党锢的摧残，而直言之士杀戮几百剿家灭族以后，风气
便大不同。由是而有魏晋清谈之风，读书人谈不得国事，只
好走入乐天主义，以放肆狂悖相效率。有的佯狂，有的饮酒，
如阮籍饮酒二斗，吐血三升，天下称贤。所谓贤，就是聪明，
因为能在不许谈国事之时谈私事，纵欲以求人生之快。这是
人权被剥夺时，社会必有的反应，古今同然。今日跳舞场生
意之旺盛，就是人民被压迫，相戒莫谈国事，走入乐天主义
的合理的现象。商女虽然也知亡国恨，但是既然不许开抗日会，
总也有时感觉须唱唱后庭花解闷的需要。……

（《论语》第 13 期，1933 年 3 月 16 日）

会心的微笑

看见本月九日侍桁先生在《自由谈》发表的《谈幽默》一文，有很好的幽默的界说。

这个名词的意义虽难于解释，但凡是真实理解这两个字的人，一看见它们，便会极自然地在嘴角上浮现出一种会心的微笑来，所以你若听见一个人的谈话或是看见一个人作的文章，其中有能使你自然地发出会心的微笑的地方，你便可断定那谈话中或文章中，是含有幽默的成分；或者，呼那谈话，是幽默的谈话，呼那文章，是幽默的文章，也未为不可。在西欧的文艺的分野上，幽默的作家和幽默的作品，已经显然成为一大流派了。

"幽默"二字，太幽默了，每每使人不懂。我觉得这"会心的微笑"的解释，是很确当，而且易解。侍桁君又谓

"新文艺作品中的幽默，不是流为极端的滑稽，便是变成了冷嘲……幽默既不像滑稽那样使人傻笑，也不是像冷嘲那样使人在笑后而觉着辛辣。它是极适中的使人在理智上以后在情感上感到会心的甜蜜的微笑的一种东西"。这是就最高级的幽默而言。我们觉得幽默之种类繁多，微笑为上乘，傻笑也不错，含有思想的幽默如萧伯纳，固然有益学者，无所为的幽默如马克·颊恩，也是幽默的正宗。大概世事看得排脱的人，观览万象，总觉得人生太滑稽，不觉失声而笑。幽默不过这么一回事而已。在此不觉失声中，其笑是无可勉强的，也不管他是尖利，是洪亮，有无裨益于世道人心，听他便罢。因为这尖利，或宽洪，或浑朴，或机敏，是出于个人性灵，更加无可勉强的。

（《论语》第 7 期，1932 年 12 月 16 日）

秋天的况味

　　秋天的黄昏，一人独坐在沙法上抽烟，看烟头白灰之下露出红光，微微透露出暖气，心头的情绪便跟着那蓝烟缭绕而上，一样的轻松，一样的自由。不转眼缭烟变成缕缕的细丝，慢慢不见了，而那霎时，心上的情绪也跟着消沉于大千世界，所以也不讲那时的情绪，而只讲那时的情绪的况味。待要再划一根洋火，再点起那已点过三四次的雪茄，却因白灰已积得太多，点不着，乃轻轻的一弹，烟灰静悄悄的落在铜炉上，其静寂如同我此时用毛笔写在中纸上一样，一点的声息也没有。于是再点起来，一口一口的吞云吐雾，香气扑鼻，宛如偎红倚翠温香在抱情调。于是想到烟，想到这烟一股温煦的热气，想到室中缭绕暗淡的烟霞，想到秋天的意味。这时才忆起，向来诗文上秋的含义，并不是这样的，使人联想的是肃杀，是凄凉，是秋扇，是红叶，是荒林，是姜草。然而秋确有另一意味，没有春天的阳气勃勃，也没有夏天的炎烈迫人，

也不像冬天之枯槁凋零。我所爱的是秋林古气磅礴。有人以
老气横秋骂人，可见是不懂得秋林古色之滋味。在四时中，
我于秋是有偏爱的，所以不妨说说。秋是代表成熟，对于春
天之明媚娇艳，夏日之茂密浓深，都是过来人，不足为奇了，
所以其色淡，叶多黄，有古色苍茏之慨，不单以葱翠争荣了。
这是我所谓秋天的意味。大概我所爱的不是晚秋，是初秋。
那时暄气初消，月正圆，蟹正肥，桂花皎洁，也未陷入凛烈
萧瑟气态，这是最值得赏慕的。那时的温和，如我烟上的红
灰，只是一股熏熟的温香罢了。或如文人已排脱下笔惊人的
格调，而渐趋纯熟炼达，宏毅坚实，其文读来有深长意味。
这就是庄子所谓"正得秋而万宝成"结实的意义。在人生上
最享乐的就是这一类的事。比如酒以醇以老为佳。烟也有和
烈之辨。雪茄之佳者，远胜于香烟，因其气味较和。倘是烧
得得法，慢慢的吸完一枝，看那红光炙发，有无穷的意味。
鸦片吾不知，然看见人在烟灯上烧，听那微微哗剥的声音，
也觉得有一种诗意。大概凡是古老、纯熟、熏黄、熟炼的事物，
都使我得到同样的愉快。如一只熏黑的陶锅在烘炉上用慢火
炖猪肉时所发出的锅中徐吟的声调，是使我感到同观人烧大
烟一样的兴趣。或如一本用过二十年而尚未破烂的字典，或
是一张用了半世的书桌，或如看见街上一块熏黑了老气横秋
的招牌，或是看见书法大家苍劲雄深的笔迹，都令人有相同
的快乐。人生世上如岁月之有四时，必须要经过这纯熟时期，
如女人发育健全遭遇安顺的，亦必有一时徐娘半老的风韵，
为二八佳人所绝不可及者。使我最佩服的是邓肯的佳句："世

人只会吟咏春天与恋爱，真无道理。须知秋天的景色，更华丽，更恢奇，而秋天的快乐有万倍的雄壮，惊奇，都丽。我真可怜那些妇女识见褊狭，使她们错过爱之秋天的宏大的赠赐。"若邓肯者，可谓识趣之人。

论躺在床上

　　《宇宙风》是为成年读者编的；若为小学生阅看，这种题目，不外"早起早睡，使身体康健"两语足以了之，躺在床上也就没有什么议论可发了。事实上，躺在床上偏偏是人生之一部，而且人生七十岁，躺床三十五，也就不得不谈，而且甚有可谈，不得以"早起早睡"四字了之，一若在床上经过时间，不足一谈也。我们总是喜欢蒙骗小孩，以"昼寝"为罪恶。实际上与我谈过的医生、银行家、校长多半认为每日下午昼寝半小时，甚为有裨卫生，且睡起作事精神饱满，较不昼寝者工作成绩加倍。但若以此话向青年言之，仍认为不合，是故中国部长、院长、校长人人实行昼寝，而人人戴上不昼寝之假面具，即使密友闲谈可以承认，而著之文章断断不许。于是文章与人生永远隔开，而失其改造人生使思想与人生调和之效用了。

　　躺在床上于世界文化之功大矣，世人不察耳。据我私见，世界上百分之九十五的重要科学发明莫非得之于卧床上被窝中，惊动世界划分时代的哲学思想也莫非于三更半夜，身卧床上，手执一根香烟时，由哲学家之头脑胚胎出来。由是观之，躺在床上之艺术尚矣哉。

所谓躺在床上者何？不外两种意义，一为身体上的，一为精神上的。由身体上言之，躺在床上是我们摒弃外物，退居房中，而取最合于思省的一种姿势。若要思省得好，这姿势不可不讲求的。孔子就是很懂得"人生的艺术"的人，就是人生的艺术家——必有寝衣长一身又半，以防脚冷，此皆后世儒家所不屑谈的了，虽然在孔子，这已成为"必有"的条件。所以如此，也不过求其舒服而已。孔子的姿势是好的，对的，因为他是侧身而卧。所谓"寝不尸"，是不要强使本来曲折的脊梁拉成直线，以致筋肉长持紧张的态度，这是合乎近代科学的发明的。在我想，人生真正享福之事无多，而跷起足弯卧在床上居其一。全身躺直就无味了。手臂的位置，也须讲究。少读孔子所称"曲肱而枕"之乐，觉得难解，现在才知曲肱之趣。假如垫以大软枕头，我认为最好的姿势是弯着一腿或两腿，一手或两手放在头后，垫以枕头，使身体与床铺成三十角度之势。在这种姿势之下，诗人自然得了佳句，科学家自然发明新理，而哲学家也自然可以想出惊天动地的思想了。

世人平常都是无事忙，一天不知所忙何事，晨起夜睡，糊涂过去，少作曾子所谓三省，及君子慎思的工作。所谓卧床的艺术，不是单指身体上的休息而言。自然，躺在床上，身体得着休息，日间规劝你的哥哥姐姐，电话上无礼的陌生人，好意来探访你及一切使你身疲力乏的人，现在都也钻在被窝中，而你得自由解放了。但这些以外，还有精神上的意义。假定躺得好，这床上的时间，就是你深自检点，思前虑后继往开来的宝贵时间。许多商业中人，每以事业繁忙自豪，案上三架电话机拨个不停，才叫做成功。殊不知他们若肯每天晚点起来，多躺一个钟头，反可以想到远者大者，牟利可以加倍。就使躺到八点九点起来，有何妨？在未起床之前，他的头脑是清楚的，他卧在被窝中，床旁一盒香烟，颈上无狗领，腰上无皮带，足上无皮鞋，足趾仍然自由开放，他可以盘算一下，追思前日作事之成绩及错误，及拣定今日工作之要点，去其繁琐，取其精要——这样才徐徐起来漱口，十点上办公室，胸有成竹，比起那些无事忙先生，危危岌岌九点或八点三刻就到公事房呼喝下辈，监督职员，岂不高一筹吗？商家常骂文人"幻想幻想"，其实眼光远大的商人，才需要幻想。要学习幻想，就得床上多躺一会儿。

至于文人、发明家、思想家，躺在床上之重要更不必提了。文人清晨静卧床上一小时得来奇思妙想，比之早晚硬着屁股，坐冷板凳，推敲字句，苦索枯肠，其功奚啻数十倍？当他在床上心血来潮，静卧思摩玩味人生之一切时，他的幻想力既极强健，而他所观察的人世，也似脱去一层皮毛，现出真相。如中国画家所言，于物之形似之外，探其义理，再加以作家胸中之意，自然画出的山水人物，异乎日间所见的自然而更神似自然了。

所以如此者，是因为当我们躺在床上之时，一切肌肉在休息状态，血脉呼吸也归平稳了，五官神经也静止了，由了这身体上的静寂，使心灵更能聚精会神，不为外物所扰，所以无论是思想，是官觉，都比日间格外灵敏。即以耳官而论，也是此时最聪敏的。凡好的音乐，都应取躺卧的姿势，闭着眼去细细领略。李笠翁早已在论"柳"一篇说过，闻鸟宜于清晨静卧之时。假如我们能利用清晨，细听天中的音乐，福分真不小啊！

上海近郊的鸟声，很少听见人谈起，也许就很少人去领略。今天早晨，我五点半就醒，躺在床上听见最可喜的空中音乐。起初是听见各工厂的汽笛而醒，笛声高低大小长短不一。（在此应补一句"我马上想到厂工之苦及资本主义之压迫"为得体时文应有之义。）过一会儿，是远处传来愚园路上的马蹄声，大约是外国骑兵早操经过。在晨光熹微的静寂中，听马蹄滴笃，比听什么音乐合奏还有味道。再过一会，便有三五声的鸟唱。可惜我对于鸟声向来不曾研究，不辨其为何鸟，但仍不失闻鸟之乐。今年春天，我最享乐的，就是听见一种鸟声，与我幼时在南方山中所听相似，土名为Kachui，大概就是鸠鸟。它的唱调有四音——do，mi，re-ti，头二音合一拍，第三音长二拍半，而在半拍之中转入一简短的低阶的ti（第四音）——第四音简短停顿的最妙。这样连环四音续唱，就成一极美的音调，又是宿在高树上，在空中传一绝响，尤为动人。最妙声，是近地一鸠鸟叫三五声，百步外树梢就传来另一鸠鸟的应声，这自然是雌雄的唱和，为一切诗歌的原始。这样唱和了一会，那边不和了，这边心里就着急，调就变了。拍节加快，而将尾音省去，只成 do，mi，re 三音，到了最后无聊，才归静止，过一会再来。

这鸠鸟的清唱，在各种鸟声中最美而留给我最深的印象。此外倒有不少，如鹊鸟，如黄鹂，如啄木，声皆近于剥啄粗野，独邻家鸽子的呜呜特别温柔，代表闺房之乐，属于《周南》一派。雀声来得较迟，就是因为醒得较迟，其理由不外如笠翁所指出。别的鸟最怕人，我们这最可恶的人类一醒，不是枪弹，就是扔石，一天不得清静，所以连唱都不能从容了之，尽其能事了。故日闻吟唱，其唱不佳。为此只好早点起来清唱。唯有雀，即不怕人，也就无妨从容多眠一会儿。

自然鸟声以外，还有别种声音。五点半就有邻家西崽叩后门声，大概是一夜眠花宿柳回来。隔弄有清道夫竹帚扫弄沙沙的声音。忽然间，两声"工——当"飞雁的声音由空中传过。六时二十五分，远地有沪杭甬火车到西站的机器隆隆的声音，加上一两声的鸣笛，隔壁小孩房中也有声响了。这时各家由梦乡相继回来，夜的静寂慢慢消逝，日间外头各种人类动作的混合声慢慢增高，慢慢宏亮起来。楼下佣人也起来了。有开窗声，钩钩声，一声咳嗽声，轻微脚步声，端放杯盘声。忽然间，隔房小孩叫"妈妈！"这是我清晨所听的音乐。

（《宇宙风》第 9 期，1936 年 1 月 16 日）

吃粄粑有感

今日是阴历十二月廿三，向来俗例为"送灶君"之节期。大概这个俗节，全国皆守，独于闽南另有特别风俗，未知江浙及北方有没有。闽南人于这送灶君上天之日，必吃粄粑，盖含有深长的用意。因为俗传，灶君知人家里事，所谓不可外扬的家丑，他都知道了。在十二月廿三日灶君上天，照例须在玉皇上帝面前报告家中男妇老幼各人的善恶。这却于世人有许多不便了。于是吾闽南人想出一法，于祭灶君之时，请他吃粄粑，粄粑是用糯米做的，又白又软又粘嘴。祭者之用意是对灶君实行新闻检查，使灶君吃下去，口舌都糊住了，于是到了玉皇面前，虽欲开口而不得。这实在是吾闽南人的特别聪明。由此我们可以得以下几种结论：

（一）做中国人的灶君，也太难了，言论自由常有被剥夺之危险。中国古时铸金人，尚要三缄其口，何况是灶君，又何况是《生活》周刊主张与批评之编辑？所以当今《生活》周刊等被人请吃粷粑，也不必大惊小怪。

（二）中国人喜欢封他人之口，此癖由来已久。自己不发言论时，个个人可变为新闻检查员。再进一步，便是只许我封你的口，不许你封我的口。

（三）中国人相信封口之效力真大，灶君吃一口粷粑，便可以叫玉皇懵懂起来，翁姑虐杀媳妇者，将来逝世，玉皇还要派一队金童玉女，用一阵笙箫管弦，迎他上天。再进一步，便是既有粷粑，即使一年三百六十五日天天虐杀一个媳妇也无妨。

（四）事实上，玉皇上帝若有一点聪明，看见闽南灶君回来，个个粷粑封口，必感觉闽南人个个是坏蛋。

（五）在中国好说话者，无论是神是人，都要遭人忌恶，因此"莫谈国事"乃为中国茶楼之国粹。

（六）猪嘴吐不出象牙之说不尽是。凡言人善恶者皆猪牙，只有隐恶扬善者，虽是猪，亦可奉为象。由是而得——

（七）嘴之作用，所以扬人之善。正作用是吃饭，副作用是颂"臣罪当诛天王圣明"之文章，或是念念《大人赋》《羽猎赋》，唱唱剧文。

（八）中国人相信，"若要人不知除非封他嘴"是一句箴言。

（九）封嘴之方法真简单，且便宜。中国人相信粷粑真正可以糊口，一切都无须科学化。

（十）中国人以为请一人吃过糇粑，就使不能密封其嘴，到底可使其人舌头胶泥，发音不明。大概玉皇上帝也是中国人，所以听见灶君说话马马虎虎，也就马马虎虎了事，不甚追究。于是在这马马虎虎主义之下，中国民族得有四千年的光荣历史。

（《论语》第 10 期，1933 年 2 月 1 日）

涵养

中国旧有教育，标举涵养二字，注重德性之薰陶，与现代所谓教育，趋重学分不同。有学分，未必有学问，有学问，未必有涵养。中国认学问与涵养为一事，此为中国传统教育之一大特点，与德国教育法重鸿博精研，法国教育重艺术陶养不同，而与英国教育之注重性格亦异。英国之所谓性格，原文为 Character，不但中文不可译，法德文皆不可译，因此字含义，特指坚毅、恒心、镇静、蕴藉、临危不惧、见义勇为、服从纪律、谨守礼俗等成份，而坚毅、恒心、服从纪律等尤由户外运动得来。故英人之视运动如生命，如宗教。此言英国民性者所不可不知。英人有此注重德性之"教育"，所以无论寄身南北，远涉重洋，只消七八人，或二三十人，在非洲，在澳洲，在印度，在埃及之一小城，便能成一种自治团体，而统驭他族。大英帝国之造成，实基于此。中国教育虽也以陶养德性为前提，然其所认为目标之涵养，却大不相同了，大概英国式的陶养，性格越养越刚，中国式的陶养，越养越柔，到了优柔寡断地步，已经德高望重了。虽然儒家学说，并非如此，然在历史上，却是如此的结果。因为"涵养"两字，含义注重忍辱负重，和平达观，不露锋芒，喜怒不形于色，不轻易得罪人，不吃眼前亏，聪明的计算等，所以中国没受教育的人如危崖，如峭壁，如苍松，如古柏，如饿狼，如鹰隼，如雄马，如箭猪，如荆棘，如锉刀，如李逵，如武松，如泼妇，如一切不应对付的东西。过于涵养的人如面条，如汤圆，如肥猪，如家禽，如驯羊，如蜗牛，如西湖风景，如雨花台石，如绣珠，如风轮，如柳絮，如棉花，如阳萎，如悬疣，如谭延闿，如黎元洪，如好好先生，如一切圆滑的东西。

（《论语》第3期，1932年10月16日）

国文讲话

　　国文是中国人的文章之省，自中国人言之，不必说中国二字，大家已可了解。这样讲，国文二字所以与他国蟹行文字别，与国医、国骂、国食义重在国字同。所以怎样才像中国人的文章，便就是国文，反是便不是国文。比如冯玉祥从前通电，骂吴稚晖为"苍髯老贼，皓首匹夫"，我们便觉得这不是国文，因为太不像中国人的说话，不合中国通电体裁。张学良下野通电，"有生之日即报国之年"，我们读来，很像中国人的话，便是得体国文。

　　尝谓中文之所谓"通"，便是西文之所谓idiomatic，通非通，乃合语言习惯问题，而非文法问题。凡合中国语法，或语言习惯者皆谓之通。例如《春秋》："夏，享公。"虽无主语，然既合语言习惯，便可谓之通。又如魏国公太师秦桧割地通和时，作一篇赦河南州军文，末述大金功德，兀突认为国文不通，桧乃令程克俊为文曰："上穹悔祸，副生灵愿治之心，大国行仁，遂子道事亲之孝，可谓非常之盛事，敢忘莫报之深恩……"于是兀突认为这是很通的国文，因为曰仁曰孝，曰盛事，曰深恩，都很合中国语言习惯。

一国文字，为一国文化精英所寄托，所以各能表现其不同的民族精神。在中国，因为特别关系，读书成为特种阶级的专利，所以文章益趋巧妙，而所谓文章之含义，尤为特别，大概有黼黻文章之意，有条理，有文彩的，才称为文。故文章二字，惟中国有之，西文 Belles Lettres 去文章之义尚远。比如"不抵抗"，便有白话，"长期抵抗"，便有文彩，是文章；"不攘外"，便有白话，"先安内"便有文彩，是文章。这种国文，都是蟹行文字所无。至于武人忽然想起打仗，亦必"师出有名"，或吊民，或伐罪，当出师表做好时，如能文从字顺，辞达义安，文人便大家争相传诵道好。所不懂及受愚者，惟一些不知文章义法的平民而已。

兹举国文作法须知三点：

（一）曲达　孟子言"辞达而已"，自为文章正宗，千古不易。然此仅可为贤圣上智言之。因为达固妙，然吾辈既非贤圣，所欲达之言，也许平平而已，故必须加以文彩。于是荀子进一步，主张"曲得所谓"。《非相篇》说："君子之于言无厌，鄙夫反是，好其实不恤其文。是以终身不免埤污庸俗。"如墨子之徒，所作之文，便是好其实不恤其文，不恤其文，所以是是非非明，是是非非明，便无曲得所谓之妙，所以终身为鄙夫。鄙夫是不能作"深文周纳"的文章的。

（二）吞吐　野蛮人打仗，擒一个，吃一个，向无所谓欲擒故纵，于是永远享不到七擒孟获的荣耀。在打仗之擒纵术，便是在文章上之吞吐术。上引冯玉祥含血喷人锋芒太露的话，论者以为欠涵养。冯氏至此吃其亏，乃不知吞吐所致。尽言招过，古有明训。故善行文者必不尽言，留个半截，为将来见面余地。故行文须多用"然而""则亦""假如""亦可"等字样。诗曰左之左之，君子宜之，右之右之，君子有之，如此左宜右有，将来享用无穷，是为君子。

（三）轻松　行文忌急，忌露，忌冲口而出。上端已经言之。然欲勿急勿露，必先治心养性，读万卷书，胸怀豁达，是谓之涵养。言者心声而已，所以要做中国人文章，必先有中国人心地。故行文首须养生，饲鹅种菊，观云赏月，心地轻松，然后自我观之，世事如浮云，收回东北固好，奉送四省亦无妨。至此境地，然后轻舒皓腕，聊搦管城，于拇指与中指之间，不疾不迟，不重不轻，靠毛笔与白纸之接触，静悄悄的一字一字写出，如隔岸观火，评论是非，辩而不争，察而不激，不左不右，毋适，毋必，似战似和，亦晴亦雨，左派读之虽悲壮，右派读之亦温和，再引一两句王阳明"治心"做点缀，也就十分古雅。

三法：曲达又可称烘云托月法，吞吐又可称龙翻凤舞法，轻松又可称隔岸观火法。三法功夫炼到，便成中国文人。

（《申报·自由谈》，1933 年 4 月 14 日）

论文

（上篇）

近日买到沈启无编《近代散文钞》下卷（北平人文书店出版），连同数月前购得的上卷，一气读完，对于公安竟陵派的文章稍微知其涯略了。此派文人的作品，虽然几乎篇篇读得，甚近西文之 Familiar essay（小品文），但是总括起来，不能说有很伟大的成就，其长处是，篇篇有骨气，有神彩，言之有物；其短处，是如放足妇人。集中最好莫如张岱之《岱志》《海志》，但是以此两篇与用白话写的《老残游记》的游大明湖听书及桃花山月下遇虎几段相比，便觉得如放足与天足之别。真正豪放自然，天马行空，如金圣叹之《水浒传序》，可谓绝无仅有，大概以古文作序、跋、游记、题词、素描，只能如此而已。"简炼"是中文的特色，也就是中国人的最大束缚。但是这派成就虽有限，却已抓住近代文的命脉，足以启近代文的源流，而称为近代散文的正宗。沈君以是书名为《近代散文钞》，确系高见。因为我们在这集中，于清新可喜的游记外，发现了最丰富、最精彩的文学理论，最能见到文学创作的中心问题。又证之以西方表现派文评，真如异曲同工，不觉惊喜。大凡此派主性灵，就是西方歌德以下近代文学普通立场，性灵派之排斥学古，正也如西方浪漫文学之反对新古典主义，性灵派以个人性灵为立场，也如一切近代文学之个人主义。其中如三袁弟兄之排斥仿古文辞，与胡适之文学革命所言，正如出一辙。这真不能不使我们佩服了。

一　性灵

西洋近代文学，派别虽多，然自浪漫主义推翻古典主义以来，文人创作立言，自有一共通之点与前期大不同者，就是文学趋近于抒情的、个人的：各抒己见，不复以古人为绳墨典型。一念一见之微都是表示个人衷曲，不复言廓大笼统的天经地义。而喜怒哀乐、怨愤悱恻，也无非个人一时之思感，因此其文词也比较真挚亲切，而文体也随之自由解放，曲尽缠绵，以意役法，不以法役意了。近代文学作品所表的是自己的意，所说的是自己的话，不复为圣人立言，不代天宣教了。所以近代文学之第一先声，便是卢骚的《忏悔录》，所言者是卢骚一己的事，所表的是卢骚一己的意，将床笫之事、衷曲之私，尽情暴露于天下，使古典主义忸怩作态之社会，读来如晴天霹雳，而掀起浪漫文学之大潮流。Ludwig Lewisohn 在最近出版《美国之表现》（*Expression in America*，这是一部最好的美国文学史）序言概论近代文学一段说："Literature, in other words, has become more and more lyrical and subjective in both origin and appeal." "换言之，文学之来源与感力，愈来愈是抒情的与主观的。"就是说，近代文学由载道而转入言志。袁中郎《雪涛阁集序》说："古之为诗者，有泛寄之情，无直书之事，而其为文也，有直书之事，无泛寄之情，故诗虚而文实。晋唐以后，为诗者，有赠别，有叙事，为文者，有辨说，有论叙，架空而言，不必有其事与其人，是诗之体已不虚，而文之体已不能实矣。"也一半是指散文转入抒情的意思。所以说性灵派文学，是抓住近代文的命脉，而足以启近代散文的源流。

性灵就是自我。代表此派议论最畅快的，见于袁宗道《论文》上下二篇。下篇开始说：则"爇香者，沉则沉烟，檀则檀气，何也？其性异也。奏乐者，钟不藉鼓响，鼓不假钟音。何也？其器殊也。文章亦然。有一派学问，则酿出一种意见，有一种意见，则创出一般言语。无意见则虚浮，虚浮则雷同矣。故大喜者必绝倒，大哀者必号痛，大怒者必叫吼动地，发上指冠。惟戏场中人，心中本无可喜事，而欲强笑，亦无可哀事，而欲强哭，其势不得不假借模拟耳。今之文士，浮浮泛泛，原不曾的然做一项学问，叩其胸中，亦茫然不曾具一丝意见，徒见古人有立言不朽之说，又见前辈有能诗能文之名，亦欲搦管伸纸，入此行市，连篇累牍，图人称扬，夫以茫昧之胸，而妄意鸿钜之裁，自非行乞左马之侧，募缘残漏，盗窃遗矢，安能写满卷帙乎？试将诸公一论，抹去古语成句，几不免于曳白矣！其可愧如此！"这段话，比陈独秀的革命文学论更能抓住文学的中心问题而做新文学的南针。

二　排古

文章者，个人之性灵之表现。性灵之为物，惟我知之，生我之父母不知，同床之吾妻亦不知。然文学之生命实寄托于此。故言性灵之文人必排古，因为学古不但可不必，实亦不可能。言性灵之文人，亦必排斥格套，因已寻到文学之命脉，意之所之，自成佳境，绝不会为格套定律所拘束。所以文学解放论者，必与文章纪律论者冲突，中外皆然。后者在中文称之为笔法、句法、段法，在西洋称为文章纪律。这就是现代美国哈佛教授白璧德教授的"人文主义"与其反对者争论之焦点。白璧德教授的遗毒，已由哈佛生徒而输入中国。纪律主义，就是反对自我主义，两者冰炭不相容。其实，一七九五年，英人杨氏（Edward Young）在 Conjecture on Original Compos 这篇奇文中，早已认清文学的命脉系出于个人思感，而非所可勉强仿效他人。杨氏说："我们越不模拟古人，越与古人相似。"所以不肯模拟古人，一则因为无暇，二则因为古人为文也是凭其性灵而已。袁宗道的《雪涛阁集序》也说："夫古有古之时，今有今之时，袭古人语言之迹，而冒以为古，是处严冬而袭夏之葛者也。"

三　金圣叹代答白璧德

中国的白璧德信徒每袭白氏座中语，谓古文之所以足为典型，盖能攫住人类之通性，因攫住通性，故能万古常新；浪漫文学以个人为指归，趋于巧，趋于偏，支流蔓衍，必至一发不可收拾。殊不知文无新旧之分，惟有真伪之别。凡出于个人之真知灼见，亲感至诚，皆可传不朽。因为人类情感，有所同然，诚于己者，自能引动他人。金圣叹尤能解释此理，与西方歌德所言吻合。《答沈匡来书》说："作诗须说其心之所诚然者，须说其心之所同然者。说心中之所诚然，故能应笔滴泪，说心中之所同然，故能使读我诗者应声滴泪也……若唐律诗亦只作得中之四句，则何故今日读之犹能应声滴泪乎？"

凡人作文，只怕表情不诚，叙物不忠，能忠能诚，自可使千古读者堕同情之泪。圣叹言"忠"一字甚好。《水浒传序三》说："格物亦有法，汝应知之。格物之法，以忠恕为门。何为忠？天下因缘生法，故忠不必学而至于忠，天下自然无法不忠。吾既忠，眼亦忠。故吾之见忠。钟忠，耳忠，故闻无不忠。吾既忠，则人亦忠，盗贼亦忠，犬鼠亦忠，盗贼犬鼠无不忠者，所谓恕也。"古人为文，百世以后读之应声滴泪，就是因为耳忠眼忠而物亦忠，吾既忠，人亦忠。于己性灵耳目思感不忠的人，必不能使人亦忠。作者与读者关系，说来无过如此。

四　金圣叹之大过

圣叹看来，似西欧文艺复兴时期人物，对于人生万物，每有拍案惊奇之赞叹。观其论诗，谓："诗如何可限字句？诗者人之心头忽然之一声耳，不问妇人孺子，晨朝夜半，莫不有之。"（《与许青屿书》）真如已入室升堂，知道文章孕育所在了。所谓"吾书至此句，此句以前，已疾变灭"，亦甚佳妙。又观其论唐诗句无雷同，实已窥到创造之心境。与许祈年书的全文甚好，抄录于下："弟口诵唐人七言近体，随手间自钞出，多至六百余章，而其中间乃至并无一句相同。弟因坐而思之，手之所捻者笔，笔之所醮者墨，墨之所着于纸者，前之人与后之人，大都不出云山花木沙草虫鱼近是也。舍是则更无所假托焉。而今我已一再取而读之，是何前之人与后之人，云山花木沙草虫鱼之犹是，而我读之之入之心头眼底，反更一一有其无方者乎？此岂非一字未构以前，胸中先有浑成之一片，此时无论云山乃至虫鱼，凡所应用，彼皆早已尽在一片浑成之中乎？不然，而何同是一云一山一虫一鱼，而入此者不可借彼，在彼者，更不得安此乎？”这简直就是 Edward Young 的《文章孕育论》，也就是 Croce 的《艺术单纯论》（*The unity of a work of art*），因为他表章文人之文是出于文人个性自然之发展，非可仿效他人，亦非他人所可仿效，非能剥夺他人，亦非他人所能剥夺。

　　但是不知如何，圣叹始终缠绵困倒于章法句法之中，与袁枚及公安诸子等所言文章无法大相悖谬。我于他处曾经指出圣叹之病，现在又绅绎其言，知道并不冤枉他。我也坐思其故，圣叹实一极有理性之人，有科学头脑，无科学题材，故在文学上运用其理智，发明章法句法及为唐诗分解，这些尝试，都含有 Hegel 穷探逻辑的意味。《答韩贯华书》中说：“弟比来……止是闲分唐人律诗前后二解，自言乐耳……弟因寻常见世间会说话人，先必有话头，既必有话尾。话头者，谓适开口，渠则必然如此说起，盖如此说起，便是说话，不如此说起，便都不是说话也。话尾者，既已说过正话，便又亟自转口云……今弟所分唐律诗之前后二解，正是会说话人

之话头话尾也。"他虽然知道不可限诗字句，但他所感到趣
味的，是这些语言逻辑上的承转的问题。

何以说不冤枉他？试读以下《水浒传序三》之论《史记》
庄生与《水浒》之文。"吾旧闻有人言，庄生之文放浪，《史
记》之文雄奇，始亦以之为然，至是忽哑然其笑。古今之人，
以瞽语瞽，真可谓一无所知，徒令小儿肠痛耳。"读者至此
觉得甚妙，以为圣叹将揭穿宇宙文章寄托性灵之大秘奥。又
说下去："夫庄生之文何尝放浪，《史记》之文何尝雄奇，
彼殆不知庄生之所云，而徒见其忽言化鱼，忽言解牛，寻之
不得其端，则以为放浪，徒见《史记》所记皆刘项争斗之事，
其他又不出于我人报仇，捐金重义为多，则以为雄奇也。"
读者似可见《史记》庄生行文之秘奥，而"得其端"了，及
读接句下文，听圣叹发挥行文之"端"，乃大失望。接句下
文是："若诚以吾读《水浒》之法读之，正可谓庄生之文精严，
《史记》之文亦精严……何谓之精严？字有字法，句有句法，
章有章法，部有部法。"呜呼，子长庄生岂知字法句法章法
之为何物乎？呜呼，吾虽不欲使圣叹下第，其可得欤？

庄生，文之最放者，取其最放，而诬以精严，裹其女足，
授以尖鞋，使天下之士赖句法章法裹足尖鞋以效庄生，岂非
滑天下之大稽乎？

（《论语》第 15 期，1933 年 4 月 16 日）

（下篇）

数月前读沈启无编的《现代散文钞》二卷，得其中极多

精彩的文学理论，爰著《论文》篇，登《论语》十五期，略阐性灵派的立论；意犹未尽，屡思续作，不图一期过一期，至今未果。"性灵"二字，不仅为近代散文之命脉，抑且足矫目前文人空疏浮泛雷同木陋之弊。吾知此二字将启现代散文之绪，得之则生，不得则死。盖现代散文之技巧，专在冶议论情感于一炉，而成个人的笔调。此议论情感，非自修辞章法学来，乃由解脱性灵参悟道理学来。桎梏性灵之修辞章法，钝根学之，将成哑吧，慧人学之，亦等钝根。盖其所言在肤革，不在骨子，在容貌，不在神髓。学者终日咿唔摹仿，写作出来，何尝有一分真意见，真情感流露出来？无意见无情感则千篇一律，枯燥乏味，读之昏昏欲睡，文字任何优美，名词任何新鲜，皆死文学也。性灵之启发，乃文人根器所在，关系至巨，故不惮辞费，再为下篇，以明文章之孕育取材及写作确不能逃出性灵论范围也。吾知士大夫将不直吾言，然吾说我心中要说的话，士大夫之论不足畏也。士大夫岂懂得性灵为何物乎？袁中郎叙陈正甫《会心集》曰："……迨夫年渐长，官渐高，品渐大，有身如梏，有心如棘，毛孔骨节，俱为闻见知识所缚。"此种不知趣之士大夫何足论文？知趣是学文之始。不相信士大夫，是学问之始。

一　性灵之摧残与文学之枯干

有意见始有学问，有学问始有文章，学文必先自解脱性灵参悟道理始。古文盛行时，文字成一问题，故修炼辞藻，可虚糜半世工夫。今则皆用质直文字，文章即说话，能说话便能做文章。巧话有巧文，陋话有陋文。故今文人所苦者，无话可说而已，无话可说，乃无病呻吟，萎靡纤弱，甚有盈篇累牍，读完仍不见说一句真知灼见的话。尝推其故：塾师教作文，不教说心中要说的话，心中不可不说的话，只教说得体的话，是摧残性灵之第一步。将来小学生成士大夫、委员、秘书，起草宣言，满篇皆得体文章，乃此种作文教学为厉之阶也。及至士大夫发宣言，作演讲，洋洋洒洒，无一句老实话，恬不知耻，报纸强迫刊载，学生引为楷模。于是朝野以应酬文章相欺相诓，是摧残性灵之第二步。然发宣言作演讲，犹系应酬文章，非文学也，宣誓必念总理，自述必言追随，犹可说也。若文学而说得体于话，违心之论，则何足以传？宣言演讲之刊载，非人好刊载也，强迫人刊载也，非人好读也，畏而疑之，不得不读也。若文学作品，汝有何官方势力迫人刊载，汝死后有何权力，迫人传诵乎？是汝下台而汝文与汝共下台，汝死而汝文与汝共死。

文章何由而来，因人要说话也。然世上究有几许文章，那里有这许多话？是问也，即未知文笔之命脉寄托于性灵。人称三才，与天地并列；天地造物，仪态万方。岂独人之性灵思感反千篇一律而不能变化乎？读生物学者知花瓣花萼之变化无穷，清新富丽，愈演愈奇，岂独人之性灵，处于万象之间，云霞呈幻，花鸟争妍，人情事理，变态万千，独无一句自我心中发出之话可说乎？风雨之夕，月明之夜，岂能无所感触，有感触便有话有文章。惜世人为塾师所误，文法所缚，不敢冲口而出，畅所欲言而已。拿起笔来，满脸道学。妞妮作丑态，是以不能文也。吾心所感所憎所嗔所喜所奇所叹何日何处无之。第因世人失性灵之旨，凡有写作，皆不从心，遂致天下文章虽多，由衷之言甚少，此文学界之所以空疏也。试取今日洋洋洒洒之社论，究有几句话，非说不可，究有几个文人，有话要向我说，便知此中之空乏。人称三才之一，而枯干至此，不及花鸟，岂非大奇？

二　性灵无涯

性灵派文学，主"真"字。发抒性灵，斯得其真，得其真，斯如源泉滚滚，不舍昼夜，莫能遏之，国事之大，喜怒之微，皆可著之纸墨，句句真切，句句可诵。不故作奇语，而语无不奇，不求其必传，而不得不传，盖"真有性灵之言，常浮出纸上，决不与众言伍"（《谭友夏诗归序》）。不与众言伍，斯不能不传。袁中郎曰："夫天下之物，孤行必不可无，必不可无，虽欲废焉而不能。雷同则可以不有，可以不有，则虽欲存焉而不能。故吾谓今之诗文不传矣。其万一传者，或今闾阎妇人孺子所唱擘破玉打草竿之类，犹是无闻无识，真人所作，故多真声，不效颦于汉魏，不学步于盛唐，任性而发，尚能通于人之喜怒哀乐嗜好情欲，是可喜也。"（《小修诗叙》）学文无他，放其真而已。人能发真声，则其穷奇变化，亦如花鸟之色泽，云霞之变态，层出无穷，至死而后已。《小修中郎先生全集序》曰："至于今天下之慧人才士始知心灵无涯，搜之愈出，相与各呈其奇而互穷其变，然后人人有一段真面目溢露于楮墨之间，即方圆黑白相反，纯疵错出，而皆各有所长以垂不朽。"知心灵无涯，则知文学创作亦无涯。今日中国几万个作者，人人意见雷同，议论皆合圣道，诚为咄咄怪事。

三　文章孕育

文章有卓大坚实者，有萎靡纤弱者，非关文字修词笔法也。卓大坚实，非一朝一夕可致，必经长期孕育。世事既通，道理既澈，见解愈深，则愈卓大坚实。性灵未加培养，事理不求甚解，人云亦云，及既舒纸濡墨，然后苦索饥肠以应付之，斯流为萎靡纤弱。《论语》收到稿件，每读几行，即知此人腹中无物，特以游戏笔墨作荒唐文字而已。《论语》提倡幽默，幽默亦非一朝一夕可致，非敢望马上成功也。所刊载亦有萎靡纤弱文字，而中仅有一二句可喜者，此一时不能免之现象也。故提倡幽默，必先提倡解脱性灵，盖欲由性灵之解脱，由道理之参透，而求得幽默也。今人言思想自由，儒道释传统皆已打倒，而思想之不自由如故也。思想真自由，则不苟同，不苟同，国中岂能无幽默家乎？思想真自由，文章必放异彩，放异彩，又岂能无幽默乎？

吾尝谓文人作文，如妇人育子，必先受精。怀胎十月，至肚中剧痛，忍无可忍，然后出之。多读有骨气文章有独见议论，是受精也。既受精矣，见月有感，或见怪有感，思想胚胎矣，乃出吾性灵以授之，出吾血液以育之，务使此儿之面目，为吾之面目，中途作官，名利缠心，则胎死。时机未熟，擅自写作，是泻痢腹痛误为分娩，投药打胎，胎亦死。多阅书籍，沉思好学，是胎教。及时动奇思妙想，胎活矣大矣，腹内物动矣，母心窃喜。倘有许多话，必欲迸发而后快，是创造之时期到矣。发表之后，又自诵自喜，如母牛舐犊。故文章自己的好。

四　会心之顷

一人思想既已成熟，斯可为文。然一人一日中之思想万千，其中有可作文者，有不可作文者，何以别之？曰，在会心二字。凡可引起会心之趣者，则可为作文材料，反是则决不可。凡人触景生情，每欲寄言，书之纸上，以达吾此刻心中之一感触，而觉湛然有味，是为会心之顷。他人读之，有同此感，亦觉湛然之味，亦系会心之顷。此种文章最为上乘。明末小品多如此。周作人先生小品之成功，即得力于明末小品，亦即得力于会心之趣也。其话冲口而出，貌似平凡，实则充满人生甘苦味。

会心之语，一平常语耳，然其魔力甚大。似俚俗而实深长，似平凡而实闲适，似索然而实冲淡。施耐庵所谓"所发之言，不求惊人，人亦不惊，未尝不欲人解，而人卒亦不能解者，事在性情之际，世人多忙，未尝闻也"。（《水浒传序》）

会心之顷，时时有之。施耐庵曰："盖薄暮篱落之下，五更被卧之中，垂首捻带，睇目观物之际，皆有所遇。"金圣叹曰："诗者，人之心头忽然之一声耳，不问妇人孺子，晨朝夜半，莫不有之。"（《与许青屿书》）此语与上引袁中郎"妇人孺子真声"说正合。文人放弃此心声，剽窃他人烂语，遂感觉无话可说，其愚孰甚？

陶靖节"采菊东篱下，悠然见南山"，是何等平常话，亦是何等佳句。李太白"举头望明月，低头思故乡"，亦是何等平常话，亦是何等佳句。吾人阅此景此情，何日无之，惜不敢见真。见真则俯仰之际，皆好文章，信手而出，皆东篱语也。

文章至此，乃一以性灵为主，不为格套所拘，不为章法所役。《谭友夏诗归序》曰："法不前定，以笔所至为法。趣不强括，以诣所安为趣。词不准古，以情所迫为词。"是谓天地间之至文。

（《论语》第 28 期，1933 年 11 月 1 日）

新旧文学

　　文学本无新旧之分，惟有真伪之别。现在所谓新旧文学，不过谓白话与文言之不同而已。其实这都不是新旧文学之分野界线。文言白话只是表现思想情感之工具，其不同，犹如画家或用油彩，或用水墨，书法家或用羊毫，或用紫毫，还是毫末问题。凡能尽孟子所谓辞达之义，而能表现优美的情思的，都是文学。近日新旧文人好相轻，新文人看不起江湖奇侠旧小说，老学究看不起"鸳鸯蝴蝶"新文学（借用鲁迅先生语），都是内含问题。若张恨水之《啼笑姻缘》，虽用白话写来，只好归入旧文学；若《浮生六记》，虽用文言，不得不视为新文学。旧文学之病，在于所写不是忠孝节义的烂调，便是伤春悲秋的艳词，或是僧尼妖怪之谈屑。一则专学古人，少有清新气味，二则与我们情感相差太远，所以不得不旧。各家文集，翻来检去，无非些除腐之《贾生论》，懵懂的《治河策》，缠足式的诗词，应酬式的墓志，及半迷信的笔记，求一周秦诸子豁达豪放之文章乃不可得。所以最有见解的纪晓岚，在他感觉处处古人已先我而言之，立志不著书时，已代旧文学宣告死刑。

近读岂明先生《近代文学之源流》（北平人文书店出版），把现代散文溯源于明末之公安竟陵派（同书店有沈启无编的《近代散文抄》，专选此派文字，可供参考），而将郑板桥、李笠翁、金圣叹、金农、袁枚诸人归入一派系，认为现代散文之祖宗，不觉大喜。此数人作品之共通点，在于发挥"性灵"二字，与现代文学之注重个人之观感相同，其文字皆清新可喜，其思想皆超然独特，且类多主张不模仿古人，所说是自己的话，所表是自己的意，至此散文已是"言志的""抒情的"，所以以现代散文为继性灵派之遗绪，是恰当不过的话。由于性灵之培养，乃有豪放之议论，独特之见解，流利之文笔，绮丽的文思，故能在纪晓岚宣告死刑之旧文学，觅出一条生路。

于此尤有一点值得注意，就是我们一看这些人的作品，大半都含有幽默意味。如张谑庵、金圣叹、郑板桥、袁子才，都是很明显的例子。英文散文始祖乔索，散文大家绥夫特，小品文始祖爱迭生，或浑朴，或清新，或尖刻，也都含有幽默意味。其实这些人都不是有意幽默，乃因其有求其在我的思想，自然有不袭陈见的文章，袁伯修所谓"有一派学问，则酿出一种意见，有一种意见，则创出一般言语"。人若拿定念头，不去模拟古人，时久月渐，自会有他的学问言语。

（《论语》第 7 期，1932 年 12 月 16 日）

论语录体之用

有人问我，何为作文言，岂非开倒车？吾非好作文言，吾不得已也。有种题目，用白话写来甚好，便用白话。有种意思，却须用文言写来省便，有一句话，说一句话，话怎么说，便怎么说，听其自然相合可也。今人作白话文，恰似古人作四六，一句老实话，不肯老实说出，忧愁则曰心弦的颤动，欣喜则曰快乐的幸福，受劝则曰接收意见，快点则曰加上速度。吾恶白话之文，而喜文言之白，故提倡语录体。依语录体老实说去，一句是一句，两句是两句，胜于戥扭白话多多矣。

文人学子，有一种恶习惯，好掉弄笔墨，无论文言白话皆如此。语录体之文，一句一句说去，皆有意思。无意思便写不出，任汝取巧无用也。《论语》曾引龚自珍语，谓"圣者语而不论，智而论而不辨"，便是此意。不能语者作论，不能论者作辨，故语者论之精英，辨者论之糟粕。圣人未尝搬弄辞藻，堆文砌字，而《论语》句句传至后世，此所以为圣。

稚老虽非圣人，却系狂人，善作狂语，一语中的，隐合道玄。
如最近骂政府为土地堂，少做坏事比做好事好，听来幽默隽永，
灵人肺腑。此便是一句可传的狂语，胜过十百篇白话四六也。

　　夫语者何，心声也，心上忽然想起，笔下照样写出，故
所写皆不失真意。龚子曰："古之民莫或强之言也，忽然而自言，
或言情焉，或言事焉，言之质不同，既皆毕所欲言而去矣。"
语录皆心上笔下忽然之言也。金圣叹曰："大君不要出头，
要放普天下人出头"，此忽然之言也。又曰："昆仑是河之
源，只是昆仑有许大家私，出许多水"，亦忽然之言也。贯
华堂古本《水浒传序》起句曰："人生三十未娶，不应更娶，
四十未仕，不应更仕"，亦忽然之言也。此三语皆语录体，
作白话文者，肯如是说法乎？

　　文言不合写小说，实有此事。然在说理、论辩、作
书信、开字条，语录体皆胜于白话。盖语录体简练可如文
言，质朴可如白话，有白话之爽利，无白话之噜苏。若
"盖""使""抑""曰""皆""无""何时""何地"
等语皆文言，胜于白话之"因为""倘使""还是""说""统统""没
有""什么时候""什么地方"。汝若曰"盖""抑""皆""无""何
时""何地"白话亦可用，我便不与汝计较；所要者，汝
赞成用"盖"比用"因为"省便，用"抑……乎"比用"还
是……呢"简练，便是与我同意。汝若又曰：语录便是白话，
我亦不与汝计较；所要者，汝肯写出老实语录体，不写蹩扭
白话体也。

　　一人修书，不曰"示悉"，而曰"你的芳函接到了"，

不曰"至感、歉甚",而曰"很感谢你""非常惭愧",便是噜哩噜苏,文章不经济。

语录体亦可为诗。寒山子诗便是语录体。我看寒山子诗比白话诗质直,故好寒山词,恶白话诗。且举几个例:

> 我在村中住,众推无比方;昨日到城下,却被狗形相;
> 或嫌裤太窄,或说衫少长;牵却鹞子眼,雀儿舞堂堂。
> 我见世间人,个个争意气,一朝忽然死,只得一片地,
> 阔四尺,长丈二。汝若会出来争意气,我与汝立碑记。
> 东家一老婆,富来三五年。昔日贫于我,今笑我无钱。
> 渠笑我在后,我笑渠在前。相笑傥不止,东边复西边。
> 贫驴欠一尺,富狗剩三寸,若分贫不平,中半富与困。
> 始取驴饱足,却令狗饥顿,为汝熟思量,令我也愁闷。

寒山之诗如说话,故好(东坡以词说理,亦复如此)。当今白话诗如作古文,故不好。寒山骂人不会读诗,亦不会作诗,有二首曰:

> 下愚读我诗,不解却嗤笑,中庸读我诗,思量云甚要,
> 上贤读我诗,把著满面笑,杨修见幼妇,一览便知妙。
> 有个王秀才,笑我诗多失,云不识蜂腰,仍不会鹤膝。
> 平侧不解压,凡言取次出,我笑你作诗,如盲徒咏日。

我读《时代日报》"毛厕文学"偶见到几首好诗,其寒

山拾得之流欤？屙屎之作亦胜白话诗万万也。

语录体亦可用于政界。汪精卫之演讲中白话文之病，噜哩噜苏，不知说些什么。吴稚晖能说老实话，却中古文之病，思想无系统，糊里糊涂，不知想些什么。今者糊里糊涂已陪噜哩噜苏乘军舰赴庐山，解决吾国外交财政重要政策矣。白话四六与摩登八股开中政会议，解决下来，自然仍不免白话之噜苏与八股之糊涂。庐山电报，教人如何读得？呜呼，此亦吾提倡语录文之一动因乎？

语录体作书札最宜，请以袁中郎尺牍为例。中郎尺牍，好到如此，知者甚少。兹录二篇，以为学作语录体书札者倡：

（一）与李子髯

髯公近日作诗否？若不作诗，何以过活这寂寞日子也。人情必有所寄，然后能乐。故有以奕为寄，有以色为寄，有以技为寄，有以文为寄。古之达人，高人一层，只是他情有所寄，不肯浮泛虚度光景。每见无寄之人，终日忙忙如有所失，无事而忧，对景不乐，即自家亦不知何缘故，这便是一座活地狱，更说甚么铁床铜柱刀山剑树也。可怜，可怜！大抵世上无难为的事，只胡乱做将去，自有水到渠成日子。子髯之才，天下事何不可为，只怕慎重太过，不肯拼着便做。勉之哉，毋负知己相成之意也。（语堂案：书中所谓"人情必有所寄，然后能乐""以色为寄""以技为寄"等句，皆文言中最着实锻炼之语。若改用白话，又必噜哩噜苏。至若"天下事何不可为""勉之哉"，文白转变之中极自然，正是语录体好处，不可错过。）

（二）与沈广乘

　　人生作吏甚苦，而作令为尤苦。若作吴令，则其苦万万倍，直牛马不若矣。何也？上官如云，过客如雨，簿书如山。钱谷如海，朝夕趋承，检点尚恐不及，苦哉，苦哉！然上官直消一副贱皮骨，过客直消一副笑嘴脸，簿书直消一副强精神，钱谷直消一副狠心肠。苦则苦矣，而不难。惟有一段，没证见的是非，无形影的风波，青岑可浪，碧海可尘，往往令人趋避不及，逃遁无地，难矣，难矣。尊兄清声华问，灌满耳朝，来札何为过自抑损？若弟则终为不到岸之苦行头陀而已矣。王宁海过姑苏，弟适有润州之行，不及一面，惆怅曷胜。

　　《秋水轩尺牍》固应打倒，袁中郎尺牍，则应捧场。

　　吾非欲作文学反革命者。白话作文是天经地义，今人做得不好耳。今日白话文，或者做得比文言还周章还浮泛，还不切实（且看下篇《母性之光本事》），多作语录文，正可矫此弊。且白话亦有不适用者，书札是也，字条是也，电报、法章、公文部令是也。今人或有提倡用白话做部令者，太不像样，何不改用语录体？

　　吾向畜志编国文教科书，而中学文言白话过渡为最要关键，苦无良法。今知之矣，语录体乃白话文言过渡之津梁。

　　此后编书，文言文必先录此种文字，取中郎、宗子、圣叹、板桥冠之，笠翁任公学诚次之，自珍子才亭林又次之，然后使读庄子韩非之文，由白入文，循序渐进，学者不觉其苦，而易得门径。诸子皆长阐理议论，脚踏实地，无空疏浮泛之弊，读来易启人性灵。若骆宾王《讨武曌》、诸葛亮《出师表》、欧阳修《秋声赋》等文或如说鼓书，或如唱昆曲，正是玩物丧志，于思想上毫无裨益，读来脑子容易糊涂，正可慢慢的来也。

（《论语》第 26 期，1933 年 10 月 1 日）

哀梁作友

　　梁作友就是阿Q，即使不是阿Q，也已备尝阿Q的悲哀了。梁捐款之有无，计划之虚实姑勿论。然假定其虚其无，在要人赏菊，名流吃蟹之时，梁以一匹夫毅然负起国家兴亡的责任，俨然世人皆醉我独醒，想出一条收回东北计划，急人之所缓，缓人之所急，其愚一。欲以三千万元之空言，"感化"沪上百万富翁，其愚二。遍访要人，游说他人所认为并不重要之事项，其愚三，因此梁乃不得不失败，及其失败，世人遂肆意讪笑、詈骂、奚落、驱逐，几至使无藏身之地。梁乃愕然在众手所指之下，抱头鼠窜，离京返里。我们不愿以成败论人，只有觉得梁作友固然热昏，然使中国多出几位发热昏的梁作友也不妨事吧？况且梁氏所发的是救国热昏，在理无妨让他发发。中国人向来吃聪明之亏，聪明达观，世事便无一可办。故若张学良之聪明，保全实力，放弃河山，国人可以谅解。若汤玉麟之镇静，保存日本银行存款，仰事异族，国人可以原谅。独梁作友之疯狂，乃不得报上一点"其愚诚可悯，其诚亦可哀"的批评。阿 Q 固然不了解中国，中国又何尝了解阿 Q？我们不难想象，梁氏在归途中，是如何的惊愕，愤慨，失望，悲哀；到了家乡，踯躅街上，又要如何遭村妇的指摘，村童的投石，亲友的白眼，旁人的奚落。这是阿 Q 一类人在聪明的中国同胞中的命运，无可挽回。但是我们究竟不能不问，谁在发昏？

（《论语》第 5 期，1932 年 11 月 16 日）